Le
Livre
de
Poche
Jeunesse

L'ESCLAVE DE POMPÉI

ANNIE JAY

L'ESCLAVE
DE POMPÉI

Avec tous mes remerciements
à Mme Alix Barbet
pour son aide très précieuse.

LES PERSONNAGES

Lupus, l'esclave de Félix, parti à la recherche d'**Actis**, sa sœur, et de **Daphné**, sa mère.

Caïus Fabius **Félix**, chevalier, maître de Lupus.
Tellius, son intendant.
Diomède, son comptable.

Marcus **Sporus**, banquier de Nuceria.
Icarios, son secrétaire.

Tyndare, affranchi[1] de Néron, ancien gladiateur.
Claudia, sa fille.

---

1. Les mots suivis d'un astérisque sont expliqués dans le glossaire en fin d'ouvrage.

Apollonius, le chef de la troupe des comédiens.
Hélios, comédien, son fils.
Séléné, danseuse, sa fille.
Florus, comédien, fils de Pétronia.
Mucius, mime, fils de Pétronia.
Acca, naine musicienne, femme de Mucius.
Pétronia, mère de Mucius et de Florus.

Cnéius Helvius **Sabinus**, édile* de Pompéi.
Pandion, esclave public.
Valerius Lollius **Venustus**, décurion* de Pompéi.
Caïus Plinius Secundus Major (Pline l'Ancien),
préfet de la flotte de Rome et savant.

Et les habitants de Pompéi...

1

Lupus

Caïus Fabius Félix, chevelure blanche et peau tannée par le soleil, sauta de son cheval. Malgré ses soixante ans, il se tenait droit comme un I et marchait à vive allure.

Tellius, son intendant, l'aborda avant qu'il franchisse le seuil de la maison :

— Maître ! s'écria Tellius. Qu'as-tu décidé pour le blé ? Il est bien sec et commence à s'égrainer.

— Ajoute dix hommes pour le battage, il faut rentrer ce blé au plus vite. Comment est la vigne ?

— Les grappes de raisin promettent d'être belles, maître, répondit Tellius, bien qu'un peu d'eau ne leur ferait pas de mal. Je dois te parler de Quintus, le porcher. Il a laissé échapper quatre truies !

— Quoi ? s'indigna le vieux Félix. Les truies que je comptais croiser avec des sangliers ?

— Oui. Ce Gaulois ne vaut rien, maître. Il a volé du vin aux cuisines et s'est endormi en laissant l'enclos ouvert.

— Tu le feras fouetter, ordonna le Romain. Et s'il recommence, tu le vendras !

Tellius approuva. Caïus Fabius Félix était un homme juste. Il respectait les vertus des Anciens. Bien que chevalier, on ne le voyait pas courir après le luxe. Il se levait et se couchait avec le soleil, et il préférait s'occuper de son domaine plutôt que de perdre son temps dans d'interminables banquets.

Félix était aussi un homme riche. Outre sa grande *villa* perdue dans la campagne, il ne possédait pas moins de trois cents esclaves pour travailler la terre, s'occuper du bétail et entretenir la maison.

Le domaine produisait tout ce qui était utile. Avec le blé, on fabriquait le pain. La vigne donnait un excellent vin que Félix vendait à Rome. Quant aux moutons, ils avaient l'avantage de pouvoir être tondus et mangés. Une fois filée, la laine était tissée. Ainsi, pas un vêtement n'était acheté à l'extérieur.

Et il y avait encore le lait des brebis et des vaches pour fabriquer du fromage, et les cochons qui donnaient une très bonne charcuterie ; les oliviers produisaient de l'huile. Avec la meilleure, on faisait la cuisine, et la moins raffinée servait pour les lampes. Il y avait aussi un vivier où Félix élevait des poissons ! Heureux Félix !

Au domaine, tous travaillaient dur mais personne ne manquait de rien. Les esclaves recevaient même un pécule[1]. Autant dire que les serviteurs respectaient le maître, et qu'ils rendaient grâces aux dieux d'être tombés dans une si bonne maison !

Les yeux de Félix se posèrent sur un jeune homme d'environ dix-sept ans qui transportait du bois dans un panier. Il discutait en riant avec une fille de son âge, elle-même chargée d'une corbeille d'écheveaux de laine.

Un sourire se dessina sur les lèvres du vieil homme. Lupus était beau comme une statue grecque avec ses grosses boucles de cheveux noirs et ses traits fins. S'il n'avait pas porté la tunique brune des esclaves, on l'aurait sans doute pris pour un patricien*, un jeune homme de la noblesse.

— Lupus ! appela le vieux Félix.

Le jeune homme sursauta.

— Oui, maître, répondit-il en accourant.

— Lupus, reprit le Romain, je veux que tu ailles à Nuceria porter des documents à Marcus Sporus, le banquier.

— À Nuceria, en ville, maître ? s'étonna joyeuse-

---

1. Les mots suivis d'un astérisque sont expliqués dans le glossaire en fin d'ouvrage.

ment le jeune homme. J'y cours, tu peux compter sur moi !

Mais aussitôt il soupira :

— Ce n'est pas possible. Tu sais sans doute que Tellius, l'intendant, m'a puni pour m'être battu et que je dois couper du bois pendant dix jours...

Félix ne put s'empêcher de rire.

— Et je suppose que le fait que le bûcher soit à côté de l'atelier de tissage te gêne énormément... avec toutes ces filles qui papotent !

Lupus regarda par-dessus son épaule pour voir la mignonne Laurea qui s'éloignait avec sa corbeille de laine, puis il répondit en rougissant :

— Ne t'inquiète pas, maître, je ne fais rien de mal avec les filles. Il m'arrive bien de les taquiner un peu, mais rien de plus.

Félix lui lança un regard de connivence, puis il répliqua plus sérieusement :

— Lupus, ta place n'est pas à couper du bois, ni à travailler aux champs. Tu es intelligent, et j'ai des projets pour toi. Un jour, tu seras le comptable de mon domaine. Si seulement tu voulais arrêter de te battre... Qu'était-il arrivé cette fois-ci ?

— Maître, c'est Valerius, le cuisinier. Je lui parlais de ma sœur... Et alors... Et alors...

Les mots s'étouffaient dans sa gorge.

— Ma sœur Actis doit avoir quatorze ans aujourd'hui, reprit Lupus. J'ignore où elle et ma mère se trouvent. Alors, pour me faire enrager, Valerius m'a dit que si Actis était aussi jolie que je le racontais, son maître l'avait sans doute déjà vendue à une maison de plaisir pour en tirer beaucoup d'argent...

Lupus était devenu écarlate, tant cette idée le scandalisait.

— J'ai frappé Valerius... Et si le porc qui a acheté ma sœur et ma mère leur fait du mal, explosa le jeune homme, je jure que je le retrouverai et que je le lui ferai payer !

Le vieux Romain se mit aussitôt à froncer les sourcils. Il aimait bien Lupus, mais pas au point de supporter ce genre de discours révolté.

— Assez ! l'arrêta Félix d'un ton sans appel. Oublies-tu que tu n'es qu'un esclave ? Ta sœur aussi est esclave. Son maître a le droit de faire d'elle ce que bon lui semble ! Ta sœur est sa chose, comme tu es ma chose !

Lupus ferma les yeux, de colère et de honte mêlées. Il méritait le fouet pour les mots qu'il avait prononcés.

Félix poursuivait, la voix sèche :

— Pour moi, Lupus, tu vaux plus que mon chien, mais moins que mon cheval, même si j'espère qu'un jour tu deviendras un bon comptable grâce à l'instruction que je te fais donner ! Que cela te rentre dans la tête une bonne fois pour toutes ! Et maintenant, va chez Sporus !

Lupus se calma tant bien que mal et se mit en route. L'occasion était trop belle d'échapper à la corvée de bois pour quelques heures !

Il y avait deux milles* jusqu'à Nuceria. La tête couverte d'un large chapeau de paille, Lupus cligna de l'œil sous le soleil. Puis il leva la tête, la main en visière devant les yeux. Au loin, le Vésuve se découpait, pointu comme un gigantesque entonnoir retourné.

Six ans plus tôt, lorsque Lupus était arrivé au domaine, la terre avait tremblé la première nuit. Le jeune garçon était sorti comme un fou du dortoir des esclaves, ce qui avait fait rire ses compagnons. On avait eu beau lui expliquer que la chose était courante, il n'avait cessé de crier que cette étrange montagne était sûrement la demeure d'Héphaïstos, le dieu du feu de son pays ! À coup sûr, à l'intérieur vivaient des monstres. C'étaient eux qui faisaient bouger le sol !

Autrefois, à Rhodes, son père lui racontait que...

La gorge de Lupus se serra.

— Allez, mon vieux Lupus, dit-il tout haut pour ne plus penser à sa famille, cela ne sert à rien de ressasser le passé !

Comme chaque fois, ce « Loupousse » lui écorcha la bouche. Il lui avait fallu de longues années pour se faire à son nom latin !

C'est Félix qui l'avait baptisé ainsi, le jour où il l'avait aperçu au marché aux esclaves de Pompéi voilà six ans, secouant les barreaux de sa cage et hurlant de désespoir.

Tellius et Félix étaient venus acheter des hommes pour travailler aux vignes.

— Il ressemble à un louveteau pris dans un piège, avait dit le vieux Romain en observant l'enfant.

L'intendant, lui, avait pesté que les vendanges approchaient, qu'on manquait de bras, et qu'il avait autre chose à faire que de s'occuper des jeunes barbares.

Mais Félix avait balayé les commentaires de Tellius d'un geste de la main. Après quelques mots au marchand, il avait acheté le petit loup.

Et Dionysos, le Rhodien, qui avait déjà perdu la liberté, avait alors aussi perdu son nom. Son maître ne l'appela plus que *Lupus,* le loup.

Nuceria était en vue. Le jeune esclave quitta le chemin de terre du domaine pour emprunter une belle voie romaine couverte de dalles de pierre.

Au détour de la route, il aperçut une charrette. Le charretier, de loin, lui fit de grands gestes amicaux.

— Salut, Simius ! cria Lupus, tout heureux.

Simius était esclave de Decimus Pollio, un voisin. En fait, son vrai nom égyptien était Peteharrsentheus.

— Trop compliqué, avait estimé son maître, on t'appellera Simius, le singe, car tu es aussi laid et bien plus malin que lui.

Imaginez des oreilles décollées, un front bas et deux yeux noirs avec, en dessous, un grand sourire. À vingt-deux ans, Simius était devenu le bras droit de l'intendant de Pollio. Il était si habile qu'on l'envoyait au marché vendre laine, brebis, légumes ou fromages. Et

Simius marchandait, redoutable d'efficacité. Il obtenait toujours tout au meilleur prix.

— Salut, Lupus ! Monte ! Je vais chez le menuisier. Ma maîtresse lui a commandé des meubles. Et toi ?

Lupus s'assit à ses côtés. Il lui montra sa besace de cuir pendue en bandoulière en travers de sa poitrine.

— Moi, je vais chez Sporus, le banquier.

La charrette se remit en route.

— Je ne l'aime pas, ce Sporus, dit Simius. Il est gras comme un porc et orgueilleux comme un paon !

Lupus se mit à rire. Effectivement, le gros Sporus se vantait sans cesse de ses relations. À l'en croire, il connaissait tous les gens importants de Rome, jusqu'au nouvel Empereur, Titus* César en personne ! Sporus s'était installé voilà trois mois à Nuceria. Certains disaient qu'il avait fui Rome, et Lupus n'aurait pas été étonné d'apprendre qu'il ait trempé dans quelque affaire malhonnête.

— À moi non plus, il ne me plaît guère, répondit Lupus. En plus, il est cupide. S'il le pouvait, il nous ferait payer des taxes sur les taxes ! Diomède, notre comptable, l'a remis à sa place plus d'une fois !

— Arrêtons de parler de cette grosse outre gonflée d'air ! proposa Simius, occupons-nous plutôt de gens sympathiques ! Comment va ton vieux Diomède ?

— De plus en plus ratatiné. Et à cause de ses vieux doigts déformés, il ne peut plus tenir ni plume ni stylet pour écrire. C'est moi qui fais les comptes sous sa dictée. Cela me permet d'apprendre le métier.

— Un jour, tu seras un personnage important...

Simius avait dit ces mots avec respect, mais cela fit ricaner Lupus :

— C'est cela ! Je serai un esclave important !

Mais Simius insista :

— Un bon comptable est indispensable dans un grand domaine. Ton maître Félix te donnera beaucoup de sesterces* si tu le sers bien ! Regarde ceux-là, envies-tu leur sort ? (Simius lui désignait les hommes qui travaillaient aux champs par cette chaleur torride d'août.) Moi, je fais tout ce que je peux pour me rendre indispensable. Grâce à moi, mon maître fait de gros profits. Et chaque fois que j'ai la possibilité de rafler quelques sesterces, je les empoche. Mon pécule augmente, et peut-être qu'un jour...

Simius ne finit pas sa phrase, mais Lupus avait compris. Lui aussi, il imaginait parfois qu'il arriverait à amasser assez d'argent pour racheter sa liberté, ou encore que Félix l'affranchirait au jour de sa mort.

Ensuite, il partirait à la recherche d'Actis et de leur mère.

Mais Lupus se rappela qu'il n'était qu'une « chose » qui comptait moins qu'un cheval mais quand même plus qu'un chien...

— Assez, Lupus ! fit le jeune homme, tu te fais du mal !

Simius n'avait pas entendu, mais ses pensées cheminaient dans la même direction, car il reprit :

— Un jour, je rachèterai ma liberté... Bien sûr, en

tant qu'affranchi, Pollio m'obligera à travailler pour lui... Peu importe, je serai libre ! Ensuite, ajouta Simius, je rachèterai Libyca, ma compagne, pour l'épouser. J'en ai assez que les fils de Pollio essuient leurs mains sales sur sa tunique !

Ils arrivaient aux premiers tombeaux de la nécropole. La porte sud de la ville se découpait, voûte arrondie, grande ouverte.

Nuceria[1] était une cité poussiéreuse comme il en existait tant d'autres. Sa principale activité, hormis l'agriculture, était l'exploitation de carrières de tuf gris, cette pierre d'origine volcanique qu'on utilisait dans toute la région. Ici, la moitié de la population était constituée de pauvres esclaves, sales, travaillant sans relâche, souvent enchaînés, qui extrayaient le tuf pour quelques gros propriétaires terriens.

Bref, Nuceria n'avait rien d'intéressant. Pourtant, Lupus était toujours ravi d'y venir. Les deux rues commerçantes de la cité débordaient de vie. Les échoppes se touchaient, colorées, odorantes, et parfois même malodorantes ! Pour le moment, cela embaumait le pain qui vient d'être cuit, Lupus en avait l'eau à la bouche.

— Attends-moi, fit Simius. Je dois livrer des figues.

Il sauta de la carriole, juste devant un étalage qui débordait de fruits et de légumes.

----

1. Aujourd'hui Nuceria s'appelle Nocera.

— Regarde, cria-t-il tout fort en amenant son couffin au marchand. Des figues comme celles-là tu n'en as jamais vu ! Elles sont dignes de la table de Titus César ! Il faut les garder pour tes meilleurs clients !

Effectivement, les figues étaient énormes. Mais rien de plus normal, puisque tout ce qui était planté sur la bonne terre noire du Vésuve poussait deux fois plus gros que partout ailleurs.

Quelques matrones*, la tête couverte d'un voile, se précipitèrent pour tâter les fruits.

— Hein ? s'indigna une femme en entendant le prix que Simius en demandait. Pour cette somme, je pourrais acheter des langues de rossignol et un cuisinier pour les préparer !

Simius haussa les épaules, rigolard :

— Ah, malgré tes grands airs, tu n'as pas les moyens ? Eh bien, mange plutôt des pois chiches !

En un rien de temps tout fut vendu. Simius, ravi, empocha un bon bénéfice, et ils repartirent en discutant.

« Dommage, soupira Lupus, je suis déjà arrivé. »

La maison de Marcus Sporus se trouvait à deux pas d'un *thermopolium** qui résonnait de rires. Autour du comptoir en forme de L, Lupus aperçut quelques hommes vêtus comme lui de la simple tunique que portaient la plupart des esclaves. Il se rappela qu'il avait quelques pièces de monnaie au fond de sa bourse.

— Que dirais-tu d'un gobelet de vin, d'un morceau

de pain et d'une poignée d'olives vertes au fenouil ? demanda-t-il à Simius.

— Ah ! Ah ! Et qu'en penserait le vieux Félix s'il savait que tu fréquentes les *thermopolia* ?

— Le vieux Félix n'en saura rien, parce que je ne le lui dirai pas, fit Lupus en riant. Alors, tu viens ?

— Entendu. Mais je vais d'abord chercher mes meubles. Si tu es sorti de chez Sporus quand je repasse, j'irai boire un gobelet avec toi et nous rentrerons ensemble.

Après avoir cogné à la porte, Lupus demanda à parler au banquier. Le portier, un grand Germain à l'air méprisant, le fit asseoir par terre sur le seuil, devant l'entrée.

— Attends ici, ordonna l'homme, mon maître reçoit en ce moment un homme très important.

— Mon maître, Caïus Fabius Félix, est aussi un homme important, s'empressa de répondre Lupus.

— Peuh ! Un paysan !

— Un paysan ? s'indigna Lupus. Caïus Fabius Félix est chevalier ! Il compte parmi ses ancêtres des séna-teurs et même un consul ! Il respecte les vertus des Anciens...

— Je vois le genre, ricana l'autre. Je parie qu'il se lève aux aurores, qu'il ne boit que du vin de son domaine et qu'il ne s'habille qu'avec la laine de ses trou-peaux !

C'était la vérité vraie, mais Lupus se sentit vexé comme si on avait insulté son vieux maître.

— Retire ce que tu viens de dire ! s'écria-t-il en bondissant sur ses pieds.

Aussitôt le portier se saisit du bâton hérissé de clous qui pendait à sa ceinture et se fit menaçant :

— Assis, jeune coq ! Et ne bouge pas !

Puis le Germain toisa le jeune homme, comme pour le mettre au défi de répondre. Lupus, devant son regard noir, prit le parti de se rasseoir par terre pour attendre.

À coup sûr, son ami Simius rentrerait sans l'attendre, et il irait boire son gobelet au *thermopolium* tout seul !

— Espérons que le visiteur de Sporus n'en aura pas pour des heures ! soupira Lupus.

La maison de Sporus était bien ordinaire, se dit-il en regardant par la porte restée ouverte les fresques écaillées du vestibule. Le sol ne valait guère mieux. Des cubes de mosaïque manquaient, que Sporus n'avait pas hésité à remplacer par de grossiers tessons.

Le vestibule s'ouvrait sur un *atrium** percé d'un trou au plafond, le *compluvium**. On avait fermé ce dernier par un vélum, afin de protéger la maison de l'ardeur du soleil. Mais le tissu était sale et déchiré. Jamais le vieux Félix, tout paysan qu'il était, n'aurait supporté un tel laisser-aller dans sa villa.

— En voilà assez ! s'écria une voix pleine de colère.

— Adresse-toi ailleurs, Tyndare, si tu n'es pas content ! répliqua Marcus Sporus sur le même ton.

Lupus tourna aussitôt la tête. Les voix venaient du *tablinum**, le bureau du banquier.

— Tu as des comptes à me rendre ! cria de plus belle le dénommé Tyndare. Si tu crois que tu peux disposer de ma fortune à ta guise, tu te trompes !

— M'accuserais-tu d'être malhonnête ? s'indigna Sporus. Reviens demain, je te rendrai tes cent mille sesterces jusqu'au dernier !

— Je te le conseille, hurla l'autre, ou je n'hésiterai pas à te traîner en justice !

À présent un homme grand, au corps puissant, barbe et cheveux bruns, s'avançait dans l'*atrium.* L'air furieux, il contourna à grands pas le bassin qui se trouvait au centre.

Une jolie statue de Vénus, posée sur une fine colonne de marbre, seul luxe de la pièce, lui barrait le chemin. Il l'écarta violemment d'un revers de l'avant-bras, envoyant promener la déesse, qui explosa au sol sous le choc.

Lupus sentit ses cheveux se dresser sur sa tête. Un coup de poing ne l'aurait pas assommé davantage.

L'homme... Il le reconnaissait ! Rien au monde n'aurait pu lui faire oublier ce visage. Depuis six ans, il ne se passait pas un jour sans que Lupus ne le revoie en pensée...

Le portier quant à lui, ne chercha pas à l'arrêter. Au contraire, il se mit à crier dans la rue comme si de rien n'était :

— La voiture du seigneur Tyndare ! Le seigneur Tyndare veut sa voiture !

Tyndare passa la porte sans un regard pour le jeune homme assis dans l'entrée. Le gros Sporus, lui, vociférait :

— Ce maudit affranchi me menace ! Pour qui se prend-il, cet ancien gladiateur ? Il menace le grand Sporus de Rome ! Moi qui était prêt à tout pour lui rendre service !

Puis, remarquant Lupus, il se mit à hurler de plus belle :

— Que fait cet esclave ici ? Je ne reçois plus pour aujourd'hui ! Fais-le déguerpir !

Lupus n'y prit pas garde. Adossé au mur, il essuyait la sueur qui coulait sur son front. Il sentait ses jambes se dérober sous lui. Le grand homme brun qui venait de sortir n'était autre que celui qui avait acheté sa mère et sa sœur.

2

Le marché aux esclaves

Lupus resta longtemps assis sur le trottoir devant la maison du banquier. Prostré, la tête dans les mains, il n'entendait plus les bruits de la rue.

Il revoyait encore une fois cette scène qui avait tant et tant de fois hanté sa mémoire : devant ses yeux, il y avait sa mère tenant contre elle sa petite sœur, nue. Le marchand d'esclaves, un Syrien, vantait leurs qualités. Puis ce fameux Tyndare arrivait...

C'était il y a six ans, à Pompéi. À cette époque-là, Lupus se nommait encore Dionysos. Et de nouveau, presque malgré lui, voilà que les souvenirs affluaient...

Son père était marchand d'huile à Rhodes. Ils s'étaient embarqués tous les quatre pour la Grèce avec Porphyre, leur vieil esclave. Porphyre avait vu naître le père de Lupus, autant dire qu'il faisait partie de la famille. Il avait insisté pour venir, prétextant qu'il avait fait un mauvais rêve peuplé de monstres marins et qu'il était de son devoir de protéger les enfants. Lupus se souvenait encore du rire moqueur de son père. S'il avait su...

Mais rien ne laissait prévoir le moindre problème : la mer était bonne, le vent léger et le bateau en très bon état. Tout s'était très bien passé jusqu'au troisième jour. Vers midi, une voile était venue leur barrer la route.

— Les pirates ! avait hurlé un marin.

Ç'avait été la panique. D'ordinaire les pirates ne fréquentaient pas cette route. Les rameurs avaient lâché leurs avirons et tenté de s'enfuir, imités par certains voyageurs qui n'avaient pas hésité à sauter à l'eau.

— Les pirates !

Le père de Lupus avait ordonné à sa famille de se cacher entre les bancs de rameurs. Puis il avait sorti une dague. Porphyre, leur serviteur, en avait fait autant. S'il fallait se battre, ils se battraient.

Les pirates avaient pour habitude de voler les marchandises et de vendre les passagers comme esclaves. Naturellement, ils ne s'encombraient pas des plus vieux ni des plus faibles. Le combat n'avait pas duré longtemps. Le bateau était petit et les marins peu nombreux. Quant aux rameurs qui n'avaient pas fui, c'étaient déjà des esclaves, et peu leur importait d'être revendus !

Ç'avait été un vrai carnage. Poussés à la pointe d'une

épée, Lupus, Actis et leur mère s'étaient retrouvés sur le pont avec les autres passagers, les vivants debout près des morts à leurs pieds. Lupus avait fermé les yeux, des larmes coulaient sur ses joues. Son père et le vieux Porphyre gisaient parmi les cadavres, la gorge ouverte.

Des trois semaines suivantes le garçon n'avait gardé que des souvenirs de violence : les coups qui pleuvaient, le manque de nourriture et la marche forcée. Les pirates les avaient rapidement vendus à des trafiquants d'esclaves. Ils étaient une dizaine de prisonniers à marcher. Les pieds de Lupus étaient en sang, quant à Actis, elle ne tenait plus debout. Avec sa mère, ils l'avaient portée à tour de rôle, faute de quoi leurs ravisseurs se seraient débarrassés de l'enfant.

Puis ils avaient pris un bateau, marché encore, et pour finir on les avait entassés dans un chariot. Ils étaient en Italie à présent. Par chance, Lupus connaissait un peu de latin, que son père, en habile commerçant, lui avait enseigné.

Lorsqu'ils étaient arrivés à Pompéi, un Syrien s'était occupé d'eux. Après les avoir laissés se laver et les avoir habillés de neuf, il leur avait donné copieusement à manger. Lupus avait d'abord pensé que c'était un bien brave homme. Puis il avait très vite compris que le Syrien n'agissait pas par bonté, mais plutôt parce qu'un esclave maigre et sale ne trouvait pas acheteur.

On leur avait annoncé un matin qu'ils allaient être vendus. Le marché aux portes de la cité grouillait de monde. Matrones*, artisans, paysans, patriciens* ou plébéiens*, tous se pressaient pour voir la chair humaine mise en vente. On trouvait les esclaves les plus beaux et les plus rares à Pompéi. Qu'on cherchât un cuisinier ou une danseuse, un pédagogue* ou un jardinier, on y trouvait forcément son bonheur.

Suivant la coutume, le Syrien leur avait peint les pieds à la craie blanche, afin que nul n'ignore qu'ils étaient à vendre. Il avait accroché à leur cou une pancarte portant leur nom et leur âge, puis il les avait fait monter sur une estrade.

— Deux lots ! s'était-il écrié. De la meilleure qualité ! Un Grec de Rhodes. Dionysos, onze ans. Il sait lire et écrire le grec. Regardez sa carrure, il deviendra grand et fort ! Mille sesterces pour l'enfant ! Et ici, j'ai une femme et une fillette, Daphné et Actis, de Rhodes également. La femme n'a pas trente ans et possède une excellente santé. Elle est douce. Vous pourrez lui confier vos enfants sans crainte. Deux mille cinq cents sesterces pour la femme, et je vous donne la petite fille en prime !

Lupus avait retenu son souffle. Pas un instant il n'avait pensé qu'on puisse les séparer. Deux lots ! Déjà des voix s'élevaient :

— Montre la femme ! Et la petite, on veut la voir mieux !

Sans attendre, le Syrien avait enlevé sa tunique à Actis. Elle s'était retrouvée nue et s'était tortillée en pleurant. Le fin manteau que sa mère portait sur sa tête avait été arraché, révélant une chevelure brune superbe,

30

un long cou blanc et des épaules rondes. Dans la foule, on avait sifflé admirativement.

— Je vous l'avais bien dit, s'était écrié le Syrien, c'est de la belle marchandise ! La petite promet d'être aussi belle que sa mère ! Nourrissez-la pendant trois ou quatre ans et vous la revendrez un très bon prix ! Allez, les deux pour deux mille cinq cents !

À cet instant, Lupus avait eu envie de hurler. Il n'avait jamais remarqué combien sa mère était une femme encore jeune et jolie. L'idée qu'un autre homme que son père puisse poser les mains sur elle lui était intolérable ! Et Actis ? Qu'allait-on faire à Actis ?

Si on les vendait en deux lots, il ne serait plus là pour les protéger !

Sa mère, honteuse d'être livrée aux regards des acheteurs ne retenait plus ses larmes. Actis s'était blottie contre elle et sanglotait sans retenue.

Voilà qu'un homme avait fendu la foule. Il était grand, fort, brun et barbu. Il devait être riche, car il était vêtu d'une toge de laine fine et blanche sur une tunique bordée de pourpre. Il avait observé la jeune femme avec attention et demandé d'une voix grave :

— Dis-moi, femme, tu es née esclave ?

La mère de Lupus l'avait regardé craintivement, sans comprendre. Le marchand syrien s'était empressé de répondre à sa place :

— C'est une Grecque, seigneur, elle ne parle pas encore latin. Mais ce n'est pas important, car tu sais

31

comme moi, qu'à Pompéi, on parle autant le grec que le latin !

— Une Grecque ? avait répété l'homme avec intérêt.

— Elle n'est pas née esclave, mais je te jure qu'elle est très docile. Elle ne cherchera pas à s'enfuir. Son mari a été jugé pour dettes. Conformément à la loi de sa province, ses biens et toute sa famille ont été vendus...

C'était un pur mensonge !

— Faux, avait alors hurlé Lupus dans un mauvais latin. Bateau pirates a pris nous ! Nous enlevés ! Mon père mort ! Pas dettes !

La main du Syrien s'était violemment abattue sur le garçon pour le faire taire. La gifle avait fait bourdonner ses oreilles et lui avait coupé le souffle. Quant au Syrien, tout sourire, il s'était tourné de nouveau vers le grand homme barbu pour expliquer :

— Ils disent tous cela ! Ne l'écoute pas, seigneur. Tu sais comme moi qu'on n'a pas le droit de vendre comme esclaves des hommes nés libres, à part des prisonniers de guerre ou des repris de justice ! Je possède tous les documents prouvant qu'ils sont vendus pour dettes !

Aussitôt le marchand avait fait un signe à ses hommes. On avait attrapé Lupus, qui était prestement descendu de l'estrade et avait alors été enfermé dans une cage avec les esclaves récalcitrants. Puis le Syrien avait repris pour la foule :

— Je suis un marchand honorable ! Et les pirates

n'existent plus ! Chacun sait que la puissante flotte de Rome les a fait disparaître depuis longtemps !

Quelques badauds s'étaient mis à rire, car ils savaient, au contraire, que les pirates existaient bel et bien, et que certains marchands peu scrupuleux n'hésitaient pas à vendre des hommes libres, surtout s'ils ne pouvaient pas se défendre.

— Alors, s'écria le Syrien, qui veut de cette belle femme ? Deux mille cinq cents sesterces ! Elle sait filer et tisser la laine, elle s'occupe des enfants. Elle est modeste et douce... Si elle parlait latin, je la vendrais trois mille sesterces ! Et je donne la fillette ! C'est une affaire !

— Je les prends ! décréta le grand homme brun.

Lupus avait vu sa mère et Actis descendre de l'estrade, poussées par le Syrien. Sa mère semblait terrifiée. Elle avait lancé à son fils, enfermé dans la cage, un regard d'adieu brillant de larmes. Actis, toujours nue, avait tendu sa petite main vers lui dans un signe de désespoir avant d'être traînée sans ménagement vers son nouveau maître.

Lupus, qui ne pouvait plus cacher sa détresse, avait crié :

— Je vous retrouverai ! Mère ! Actis ! Je vous libérerai ! Aie confiance, mère ! Je vous retrouverai !

Mais elles n'avaient pas tardé à disparaître dans la foule. Alors il avait secoué les barreaux de la cage et hurlé plus fort encore, des cris sans suite, des cris de désespoir. Il avait hurlé pendant des heures...

Un homme bouscula le jeune esclave sur le trottoir.

— Espèce de feignant ! dit-il en guise d'excuse. Tu n'as rien de mieux à faire que de cuver ton vin ? Ah, si j'étais ton maître !

Lupus releva la tête. Il avait mal au cœur, il tremblait, et peu lui importait ce que pensait ce promeneur mal embouché !

— Elles sont dans la région ! fit-il tout haut. Elles sont peut être à Nuceria ! Il faut que je les retrouve...

Un espoir fou venait de naître en lui. C'était simple, il suffisait de demander à Marcus Sporus où vivait ce Tyndare.

D'un bond, il se leva.

3

Étrange rencontre

— Va-t'en ! s'écria le portier du banquier. Combien de fois faudra-t-il te le répéter ? Ne vois-tu pas qu'il fait nuit ? Mon maître se repose et ne reçoit personne !

Lupus serra les poings. Il attendait depuis des heures ! D'abord Sporus était parti aux thermes pour son bain quotidien. Ensuite il avait mangé jusqu'au coucher du soleil. Maintenant il se reposait !

— Alors, toi tu peux me répondre, insista le jeune homme. Je veux juste savoir où je peux trouver Tyndare, l'homme qui était ici ce matin !

— Par les dieux, va-t'en ou je vais me fâcher ! Quant au seigneur Tyndare, pour qui me prends-tu ? Crois-tu que je donne des informations sur les clients de mon maître au premier venu ?

— Et mes tablettes ? tenta Lupus en montrant sa besace. Que va dire Félix si je ne les remets pas à Sporus ?

De toute façon, Félix ne serait pas content. Lupus aurait dû rentrer avant midi. Il faisait nuit noire à présent. On devait s'inquiéter au domaine de ne pas le voir revenir. Il allait être bon pour un mois de corvées, et pas des plus agréables ! Il aurait même de la chance si Félix ne l'envoyait pas travailler aux champs avec, en prime, quelques coups de fouet bien mérités !

« Tant pis », pensa Lupus. Il était trop près du but. Il n'allait pas renoncer alors qu'il avait la possibilité de retrouver sa mère et sa sœur ! Demain, ce Tyndare pouvait bien repartir avec elles pour... n'importe où. Où Lupus irait-il les chercher ensuite ?

— Laisse-moi passer ! s'écria l'esclave en bousculant le portier.

Le Germain l'agrippa par sa tunique pour le retenir. Mais Lupus, plus rapide et déterminé, l'envoya promener d'un coup de coude dans la poitrine. Le crâne du portier heurta violemment le mur. Il s'effondra sans un cri, assommé pour le compte.

Un peu hébété, le jeune homme contempla son œuvre. Là, ce n'était plus le fouet qu'il méritait, mais carrément le cachot et les fers. Félix serait fou de rage quant il apprendrait qu'il avait frappé un esclave pour entrer de force dans une maison ! Peut-être ordonnerait-il qu'on le vende... « Eh bien, qu'il me vende ! » se dit Lupus qui n'en pensait pas un mot.

Et il se mit à courir dans l'*atrium*. Dans l'obscurité, il remarqua une pièce éclairée. C'était le *tablinum,* le bureau de Sporus. Fort heureusement, aucun serviteur ne lui barra la route. Le cœur battant, Lupus poussa la porte entrouverte, bien décidé à ce que le banquier l'écoute et lui réponde.

Mais le bureau était vide. Une table à pieds de bronze en forme de pattes de lion et à plateau de marbre trônait au centre. Dans un angle se trouvait un énorme coffre-fort. Celui-ci, bardé de plaques de métal et de clous, était encore alourdi d'une grosse chaîne. Il aurait bien fallu quatre hommes pour le soulever ! Autant dire que les économies des clients étaient bien à l'abri !

Sur la table, des tablettes de cire écrites et un stylet étaient posés près d'une imposante lampe à huile à trois mèches. Sporus ne devait pas être loin... À moins que ce ne fût son secrétaire qui travaillait là. Lupus le connaissait. C'était un grand homme maigre. Il se nommait Icarios et, tout esclave qu'il était, il n'arrêtait pas de prendre de grands airs parce qu'il venait de Rome.

— Ce crâneur d'Icarios ferait parfaitement mon affaire, dit tout haut Lupus en ressortant dans l'*atrium*. Il connaît les clients de Sporus et saurait me renseigner !

Mais il n'y avait pas plus d'Icarios que de Sporus. Pas de serviteurs non plus. Sans doute se trouvaient-ils avec leur maître dans le jardin, à profiter de la fraîcheur du soir. C'est ce que tout Romain sensé faisait à la nuit tombée, après une journée si chaude.

— Les documents ! s'exclama Lupus. Finalement, c'est aussi bien qu'il n'y ait personne. Si j'y trouve des renseignements sur Tyndare, je n'aurais plus qu'à ranimer le portier et à m'excuser de l'avoir bousculé... Ensuite, je m'en vais ! Personne ne saura jamais que j'ai fouillé le *tablinum* !

Lupus posa sa besace et commença à parcourir les tablettes étalées sur la table. C'était pour la plupart des lettres de clients demandant où en étaient leurs placements. Certaines parlaient de récoltes de blé ou d'achats d'esclaves... D'autres venaient de Rome et demandaient à Sporus pourquoi il n'avait pas encore remboursé l'argent qu'il devait.

— Rien sur Tyndare ! soupira Lupus. Me voilà bien avancé ! Par les dieux, où est Sporus ? Pourquoi cette fichue maison est-elle vide... ?

Il n'avait pas fini de prononcer cette phrase qu'un léger frottement attira son attention... Là, à côté du coffre-fort se dressait un large et haut placard fermé par une tenture...

Lupus frémit. Oui, la tenture bougeait de nouveau ! Il n'était pas seul dans la pièce ! À n'en pas douter, la personne qui travaillait dans le *tablinum* se tenait derrière la tenture. Sporus – ou Icarios – avait dû entendre la bousculade dans le vestibule et, affolé, s'était caché en entendant Lupus entrer.

— Au voleur ! À l'assassin ! hurla le Germain depuis le vestibule.

Pour crier si fort, le portier allait déjà mieux ! Mais

cette bonne nouvelle ne réjouissait pas Lupus. Que devait-il faire ? S'il était surpris dans le *tablinum* par les serviteurs du banquier, il serait jugé et condamné à de lourdes peines. Il risquait les galères et le marquage au fer rouge sur le visage... Ou même pire. À l'amphithéâtre*, on ne comptait plus les esclaves en fuite, assassins ou voleurs, qui servaient de repas aux fauves les jours de spectacle !

— À l'aide ! Au secours ! criait le portier de plus belle.

Pendant un instant, Lupus pensa repousser la tenture pour se jeter aux pieds de Sporus. Il allait implorer son pardon. Peut-être le banquier se laisserait-il attendrir ?

Mais l'instant suivant tout bascula...

Une ombre, petite et légère, sortit de derrière le rideau...

Une jeune fille !

— Ne reste pas là, imbécile ! pesta l'apparition en prenant Lupus par le bras. Ne vois-tu pas que les autres vont arriver et que nous serons pris ?

— Qui es-tu ? s'étonna Lupus sans bouger, tant il était stupéfait.

La jeune fille portait une courte tunique d'homme serrée à la taille et ses cheveux bruns étaient attachés en une longue natte.

— Ce n'est pas le moment de poser des questions ! répondit-elle. Il faut sortir de la maison, et vite ! Viens avec moi, je sais comment faire !

Elle le tira par le bras et, cette fois, Lupus la suivit

sans rechigner. Une voleuse ! pensa-t-il en courant à sa suite dans l'*atrium* sombre.

Évidemment, entre suivre une voleuse et finir aux galères, il préférait tout de même la voleuse... De nouveaux cris et des bruits de pas lui donnèrent raison : on les cherchait !

— Par ici ! fit la fille d'un ton haletant dans l'obscurité.

Elle l'attira dans un petit couloir. Effectivement, elle semblait connaître la maison. Ils débouchèrent dans une cour entourée de hauts murs et éclairée par la lune. Lupus distingua ce qui ressemblait à de grandes jarres pour conserver l'huile. Une odeur de latrines malpropres vint lui piquer les narines. Ils devaient donc se trouver près des cuisines[1].

— Qui va là ? s'écria une voix effrayée de femme.

Lupus s'arrêta brusquement, s'attendant à être pris d'un instant à l'autre.

— Avance ! le pressa la voleuse. Ce n'est qu'une vieille servante ! Elle a tiré son matelas dehors pour dormir au frais. Ne t'inquiète pas, elle a sûrement trop peur pour bouger !

La fille attrapa de nouveau Lupus par le bras et l'amena dans un angle de la cour. Elle tâta un instant les branches couvertes de fleurs d'un jasmin grimpant, puis ordonna :

---

1. Les latrines étaient souvent construites près des cuisines. Ainsi, les eaux usées qui s'écoulaient de la cuisine vers les égouts permettaient de nettoyer au passage les toilettes.

— Voilà la corde, monte vite !

Effectivement, une corde se cachait là. Une fois de plus, Lupus ne chercha pas à discuter. Il l'agrippa et, en quelques tractions, il fut en haut du mur. Le temps de l'enjamber et il sautait dans une petite ruelle.

— Séléné ? demanda avec inquiétude une voix d'homme dans la nuit.

— Mais qui est-ce ? fit une autre voix. Ce n'est pas Séléné !

Avant que Lupus ait pu ouvrir la bouche, il se retrouva poussé violemment contre le mur. Deux ombres menaçantes lui barraient le chemin.

— Décidément, souffla Lupus, ce n'est pas mon jour !

Mais voilà que la dénommée Séléné atterrissait à son tour au milieu de leur groupe, semblant tomber du ciel.

— Vite, père, fit la jeune fille, il faut partir, les gens de Sporus sont après nous !

— Qui est-ce, celui-ci ? demanda l'homme.

— Je l'ai trouvé en train de fouiller dans la maison. Cet imbécile a frappé le portier, qui a donné l'alerte ! Père... continua Séléné d'une voix désolée, je n'ai pas trouvé d'argent... mais j'ai pris deux objets à la place !

Lupus regarda l'homme enrouler la corde pour la ranger dans un sac, tandis que l'autre, un garçon à la chevelure claire, enveloppait Séléné d'un grand manteau. Puis, sans plus attendre, les trois partirent en courant.

Pourtant, les voleurs n'avaient pas fait dix pas que la jeune fille se retournait :

— Qu'est-ce que tu attends ? lança-t-elle. Que Sporus te prenne ? Viens avec nous, imbécile !

L'*hospitium**, l'hôtellerie où les fuyards amenèrent Lupus, était sombre et enfumé. Séléné était montée sans attendre pour se changer, laissant les trois hommes dans la grande salle commune. Cela sentait la friture rance et le vin aigre. Dans la pénombre, le jeune esclave distinguait à peine quelques tables branlantes occupées par de rares clients. C'étaient pour la plupart des voyageurs à l'air fatigué qui faisaient étape pour la nuit. Dans un recoin se tenaient quatre individus à la mine patibulaire, dont la profession ne devait pas être très recommandable.

— Je me nomme Apollonius, dit l'homme à Lupus. Je suis le chef d'une petite troupe d'acteurs, de mimes et de musiciens.

Des comédiens ? s'étonna Lupus. C'est vrai qu'ils ressemblaient plus à des originaux qu'à des voleurs ! L'homme, de haute taille, portait une excentrique tunique brodée. Quant au garçon blond, il devait faire tourner la tête de bien des filles, avec ses yeux bleus ! Mais ses cheveux bouclés étaient bien trop longs, ce qui lui donnait un air un peu vulgaire. Jamais le vieux Félix n'aurait toléré une telle tenue au domaine !

— Nous sommes sept, continua Apollonius. Tu as

rencontré ma fille Séléné chez Sporus et voici mon fils, Hélios. Ils ont seize ans.

— Hélios et Séléné ? répéta Lupus, intrigué.

En Grèce, Hélios et Séléné étaient les noms que l'on donnait au Soleil et à la Lune.

— Oui, plaisanta Apollonius en attrapant son gobelet de vin. Ils sont jumeaux, même si l'un est blond comme le soleil et l'autre brune comme la nuit... Et le pire, c'est que ma défunte femme se nommait Théia...

Lupus se mit à rire. Théia, dans la religion grecque, était la mère du Soleil et de la Lune ! Lupus faillit raconter que son père l'avait appelé Dionysos, en l'honneur du dieu du vin et des vignes qu'il vénérait entre tous. Sa mère le nommait Dionys – c'était plus court, plus doux et plus intime...

— Pas terrible, ton vin, pesta Apollonius en interpellant le cabaretier. Je t'ai demandé du vin aux épices avec du miel.

— Et alors ? s'étonna faussement l'homme. C'est ce que je t'ai servi.

— Ah bon ? fit à son tour le bel Hélios. On ne reconnait pas le goût du vin tant il y a d'eau dedans...

Le cabaretier s'approcha, mains sur les hanches. Il se tourna vers le jeune homme pour répliquer :

— Tu espérais quoi ? Du vin d'Espagne ou mon meilleur Falerne ? Si tu m'avais donné quatre as*, je t'aurais servi du Falerne. Pour un as, tu n'as que du vin du Vésuve.

— Non, un peu de vin... insista tout de même Apollonius. Avec beaucoup d'eau dedans.

— Maudits saltimbanques ! grogna le cabaretier en repartant vers son comptoir. Tous les mêmes ! Encore de soi-disant artistes qui se prennent pour le nombril du monde !

Hélios se leva pour lui faire ravaler ses injures, mais son père l'arrêta d'une poigne ferme sur le bras.

— Je ne veux pas d'histoires ! ordonna-t-il.

Un lourd silence retomba. Lupus, mal à l'aise, piqua du nez dans son gobelet. Ses deux compagnons l'imitèrent.

Des rires de femmes fusaient. Sur le pas de la porte, deux vieilles prostituées, les cheveux teints en roux pour paraître plus jeunes, tentaient d'attirer l'attention. Mais leurs provocations et leurs propos grossiers n'intéressaient pas les derniers fêtards, qui rentraient chez eux.

Lupus poussa un soupir de soulagement : la jeune Séléné descendait l'escalier de bois qui menait aux chambres.

« Elle est plutôt jolie, cette Séléné ! » constata-t-il à la lueur des lampes à huile. Elle avait changé sa courte tunique d'homme pour une *stola** rose serrée à la taille par une ceinture. Un léger châle bleu était jeté négligemment sur ses épaules. Elle aurait été vraiment ravissante si son visage avait été moins maquillé. Bleu sur les yeux, rouge sur les lèvres et les joues, noir sur les cils...

— Voilà, père ! fit Séléné en s'asseyant près d'Apollonius.

Après s'être assurée qu'on ne les observait pas, elle posa discrètement deux objets sur la table.

— C'est tout ce que j'ai découvert chez Sporus, déclara-t-elle en soupirant.

Il y avait une sorte de croissant légèrement bombé en ivoire, haut comme la main, et gravé de dessins étranges.

— On dirait un lion ailé avec une tête de faucon... expliqua Séléné. Là, il y a un serpent dressé... Ici une espèce de génie...

— Ces petits signes bizarres, fit à son tour Apollonius, ressemblent à l'écriture sacrée des Égyptiens. C'est juste une amulette. Nous n'en tirerons pas grand-chose !

L'autre objet se révéla plus intéressant. Il s'agissait d'une petite statuette qui représentait Mercure. Le dieu portait à son casque et à ses chevilles de petites ailes en or.

— Mercure ! fit Lupus. Le messager des dieux, mais aussi le dieu des commerçants et celui des voleurs ! Au moins, en volant sa statue, tu ne l'offenseras pas !

— Je ne suis pas une voleuse ! s'indigna aussitôt Séléné. Je n'ai fait que prendre à Sporus ce qu'il nous devait ! Il nous a engagés voilà dix jours. Pendant trois soirées nous avons chanté, dansé et joué la comédie pour ses invités... Ensuite, il a refusé de nous payer sous prétexte que des amphores de vin de Falerne, le meilleur, avaient disparu de ses cuisines !

— Nous n'avons rien volé, renchérit le bel Hélios,

le frère de Séléné. En fait, ce Sporus est un sacré escroc ! Il ne nous a pas payés, ni nous, ni le cuisinier, ni même les hommes qu'il avait trouvés chez un loueur d'esclaves pour faire le service... Car, en fait de serviteurs il ne possède qu'un vieux couple, son portier Germain et sa grande perche de secrétaire, un certain Icarios !

— Ce qui ne l'empêche pas de faire croire qu'il est cousu d'or, ricana Apollonius, son père.

Sporus était donc pauvre ? Lupus ouvrit de grands yeux étonnés. Voilà pourquoi la maison était si désespérément vide ! Un notable comme Sporus aurait dû avoir un cuisinier, de nombreux serviteurs... et plusieurs gardiens ! Cela expliquait aussi les fresques écaillées, le vélum déchiré et les latrines malpropres !

— Et toi ? demanda Hélios, que t'a donc fait Sporus ?

— À moi ? Rien, répliqua Lupus qui se mit aussitôt à raconter son histoire.

À la fin de son récit, Apollonius hocha la tête.

— Malheureux ! Te rends-tu compte que tu es à présent un esclave en fuite ? Tout cela pour savoir où vit cet ancien gladiateur ! Si ton maître te retrouve...

— Félix est un homme bon, il me pardonnera sûrement.

À vrai dire, Lupus n'y croyait qu'à moitié.

— Je ne doute pas qu'il soit bon, rétorqua Apollonius, mais il devra te châtier pour l'exemple. Que penseront ses autres esclaves s'il te pardonne ? Que l'on peut s'enfuir impunément de chez lui ? Et Sporus ? Crois-tu qu'il laissera passer une telle offense ?

Apollonius avait raison et Lupus soupira.

— Il n'a qu'à rester avec nous ! s'écria Séléné.

— Tu as perdu l'esprit, ma fille ! s'indigna Apollonius. C'est un esclave en fuite ! Crois-tu que nous n'avons pas suffisamment d'ennuis ? Nous ne possédons plus un sesterce. À cause de la réputation de voleurs que nous a faite Sporus, plus personne ne veut nous engager à Nuceria !

— Écoute, père... insista pourtant la jeune fille. Qu'importe qu'il soit esclave...

— Esclave en fuite ! compléta son frère.

Séléné, le regard noir, lança aussitôt :

— Et après ? Nous n'avons jamais refusé l'hospitalité à quiconque et nous trouverons bien du travail à lui donner...

— Peuh ! lâcha le blond Hélios en regardant Lupus, je suis sûr qu'il ne sait rien faire !

Mais Apollonius réfléchissait. Certains maîtres n'hésitaient pas à battre à mort les esclaves en fuite. Le propre père d'Apollonius, un esclave, avait tellement été frappé par son premier maître qu'il avait perdu un œil. Par chance, il avait été revendu à un très brave homme qui l'avait affranchi.

— Que sais-tu faire, mon garçon ? demanda le comédien à Lupus.

Le jeune homme répondit en haussant les épaules :

— Je sais lire, écrire et compter...

47

— Je te l'avais bien dit ! ricana de nouveau Hélios au nez de sa sœur. Il ne sait rien faire ! À moi, il m'a fallu dix ans pour apprendre le métier ! À Mucius et à Florus aussi !

Lupus, à la lueur de la lampe à huile, vit Séléné devenir écarlate, tant elle était furieuse d'être contredite. Elle se mit à vociférer :

— Personne ne lui demande de jouer la comédie ! Gardons-le pour chercher de l'eau... Porter nos affaires...

— Un instant ! fit Apollonius en levant les mains dans un geste apaisant. Je propose de voir d'abord si son maître le reprend. Dès l'aube, nous retournerons chez Sporus. Il suffira de demander au *thermopolium* si Sporus a appelé la garde urbaine et si Lupus est recherché.

Naturellement, songea Lupus, Apollonius avait raison. Il fallait d'abord voir si les choses pouvaient s'arranger.

Le comédien poursuivit :

— Pour le cas où Sporus aurait porté plainte, Lupus restera avec nous... quelques jours. Cet escroc de banquier serait bien capable de réclamer une lourde peine pour la violation de sa maison !

— Je te remercie, souffla le jeune esclave avec reconnaissance. Bien sûr, si Félix me reprend, je ne demande qu'à rentrer au domaine. Je serai quitte pour une bonne correction et quelques jours d'ergastule*.

Apollonius lui passa une main amicale sur l'épaule et lui glissa :

— Il faut voir les choses du bon côté. Tu connais à présent le nom du maître de ta mère et de ta sœur. Rien ne t'empêchera plus tard de les retrouver.

— Quoi qu'il arrive, reprit Lupus en s'adressant à Hélios, je promets que je ne vous causerai pas d'ennui.

Contre toute attente, le jeune comédien lui retourna un sourire :

— Ne m'en veux pas, dit-il. Mais Séléné ne peut croiser un chien errant sans chercher à l'adopter ! La dernière fois, c'était une jeune orpheline à qui elle avait décidé d'apprendre la danse... Elle s'est enfuie avec la caisse !

Séléné éclata de rire et rétorqua :

— Avoue qu'elle n'était pourtant pas bien lourde !

— La caisse ou la fille ? plaisanta Hélios.

— La caisse, idiot ! Elle devait contenir tout au plus dix sesterces ! Quant à la fille, elle ne te laissait pas indifférent...

À son tour, Hélios devint écarlate.

— Assez, les enfants, les interrompit Apollonius. Allons nous coucher. Demain, à l'aube, nous retournerons chez Sporus. Une fois ce problème réglé, il nous faudra partir pour Pompéi. Le reste de la troupe nous y attend, expliqua-t-il à Lupus. Avec un peu de chance nous y trouverons du travail.

4

Le voleur volé

Le jour se levait à peine, mais un attroupement bruyant se pressait autour de la maison de Sporus.

L'édile* Aulus Mummius Trebius en personne se tenait devant la porte, avec les deux esclaves publics qui lui servaient de vigiles et... Sporus qui faisait face à Tyndare, l'ancien gladiateur.

Le gros Sporus hurlait, trépignait, vociférait, le visage défait, les vêtements en désordre, les cheveux hérissés ses bourelets tremblotants sous sa tunique... Tyndare, lui, demeurait d'un calme olympien.

La foule se tenait à bonne distance, mais n'en perdait pas une miette.

— C'est un esclave de Caïus Fabius Félix qui a fait le coup !

— Du vieux Caïus Fabius Félix, le chevalier ? s'étonna l'édile.

— Oui, ce paysan qui a un domaine au sud de la cité ! Son esclave a massacré mon portier ! hurlait Sporus. Mon Germain serait mort sans les soins de mon chirurgien ! Il a fallu le recoudre. J'ai dépensé plus de cent sesterces en potion de pavot contre la douleur et en pommade à la fiente de pigeon pour qu'il cicatrise !

Un « oh ! » s'éleva de la foule. Certains s'indignèrent que l'on fasse tant de cas d'un esclave, d'autres, au contraire, louèrent Sporus pour sa bonté.

— Tenez, reprit Sporus, voici mon pauvre portier...

Le grand Germain sortit de l'ombre, soutenu par Icarios, le secrétaire. Il montra à l'édile et à Tyndare son visage tuméfié. Il avait un bras en écharpe et semblait ne pas tenir debout, tant il souffrait.

Le magistrat eut une grimace de dégoût. Il fit signe à l'un des vigiles, qui examina les blessures.

— Il ment ! souffla Lupus, caché dans la foule. Je l'ai à peine bousculé ! C'est son crâne qui a heurté le mur, pas son visage...

Sporus poursuivait :

— J'aurais dû m'en douter ! Hier, je n'ai eu que de mauvais présages ! D'abord, j'ai vu un hibou voler de gauche à droite... Et puis, j'ai trébuché sur le seuil...

Un nouveau « oh ! » s'éleva. Effectivement, c'étaient là des signes très parlants. Tout homme sensé serait resté chez lui !

— J'ai honoré les lares* du foyer et les mânes* de

mes pères avec plus de dignité que d'habitude, mais cela n'a pas suffi.

Tyndare poussa un soupir d'énervement :

— Viens-en au fait ! lâcha-t-il brusquement.

— Eh bien, poursuivit Sporus, tu me croiras si tu veux, mais un coq a chanté durant mon repas ! J'étais épouvanté !

Et encore une fois un « oh ! » s'éleva de la foule.

— Je l'ai fait chercher pour le tuer. On ne l'a pas trouvé !

Mais Tyndare ne semblait avoir aucune pitié pour le pauvre banquier malmené par le sort. Il s'approcha de lui, menaçant et ordonna :

— Qu'a fait l'esclave de ce Félix ? Je n'ai pas été tiré de mon auberge en pleine nuit pour t'entendre pleurnicher !

— Il a fouillé mon *tablinum* ! s'écria le banquier. C'est que cette vipère la connaît, ma maison, il y est venu à plusieurs reprises. D'ailleurs, je connais même son nom. On l'appelle *Lupus,* le loup. Je te laisse imaginer le personnage, avec un nom pareil !

Sporus se prit la tête à deux mains, au désespoir. Puis il poursuivit :

— Il m'a déshonoré ! Tout l'après-midi, il a demandé à me voir... et il n'arrêtait pas de poser des questions sur toi, Tyndare. Mon portier pourra te le confirmer ! Il savait sûrement que je gardais ton argent chez moi !

L'ancien gladiateur serra les mâchoires, mais ne

répondit pas. L'édile, lui, approuva de la tête et demanda :

— Et c'est dans ton *tablinum* qu'il a pris ton coffre...

— Pas pris ! s'emporta Sporus avec de grands gestes. Il l'a ouvert ! Il l'a pillé ! Toutes les économies de mes clients se sont envolées en même temps que celles de Tyndare ! Et ce n'est pas tout, il est parti avec des objets pieux ! Un Mercure aux ailes d'or et mon ivoire égyptien. C'est une antique amulette, vieille de deux mille ans, qui me protégeait de la maladie !

Lupus manqua crier. Apollonius lui serra le bras pour le faire taire, ce qui n'empêcha pas le jeune homme de dire tout bas d'une voix hachée :

— Je n'ai rien fait ! Je n'ai rien volé ! Séléné peut en témoigner ! Lorsque nous sommes partis, le coffre était intact !

Séléné se tourna vers lui et le regarda comme s'il avait perdu l'esprit :

— Je ne peux pas témoigner pour toi, Lupus ! Comment pourrais-je expliquer que j'étais dans la maison, moi aussi ? On dira que je suis ta complice !

— De toute façon, expliqua Hélios, le témoignage d'un comédien n'a aucune valeur, puisque les comédiens n'ont pas le droit d'être citoyens romains. Seuls les citoyens peuvent témoigner...

Tyndare sortit enfin de son silence pour demander :

— Es-tu sûr qu'il s'agisse de ce Lupus ?

— Naturellement ! s'enflamma le banquier. D'ailleurs, il a signé son crime : dans sa fuite, il a oublié son sac avec les comptes de son maître !

— Ma besace ! pesta tout bas Lupus. Je l'avais posée avant de fouiller le bureau...

L'édile Trebius arrangea distraitement les plis de sa toge. Visiblement, cette affaire l'ennuyait. À Nuceria, il ne se passait jamais rien de bien grave, à part quelques vols de poules et des querelles d'ivrognes. Ce cambriolage de cent cinquante mille sesterces risquait de lui gâcher la vie jusqu'à la fin de son mandat. Marcus Sporus était un notable, et on disait Nero Claudius Tyndare très puissant, bien qu'il ne fût qu'un gladiateur affranchi.

Le magistrat pria les dieux pour qu'on retrouve ce Lupus au plus vite, et pour qu'on le châtie avec suffisamment de raffinement afin d'ôter aux habitants de la région toute envie de commettre des crimes.

— Dis-moi, Sporus, s'étonna un des esclaves publics, cent cinquante mille sesterces, cela doit peser lourd. Comment les a-t-il emportés ?

Le banquier eut l'air surpris. Il resta sans voix quelques instants, puis il cria de plus belle :

— C'est que je les avais transformés en or ! De belles pièces d'or, des *aurei** ! Cela fait moins de poids et de volume ! Cette crapule a dû les ficeler dans son manteau. Son coup était bien préparé, je vous le dis ! Il s'est enfui grâce à une corde accrochée dans la cour de la cuisine, il y a des traces sur le mur. Entrez, vous pourrez les voir !

La foule écoutait et commentait l'événement. De mémoire de Nucériens, jamais un tel méfait n'avait été commis dans leur cité ! L'édile soupira de nouveau d'un air ennuyé. Les habitants attendaient qu'il mît fin à ce scandale. Aussi déclara-t-il bien fort :

— Ne t'inquiète pas, Sporus. Nous le prendrons très vite.

— Et s'il a déjà quitté la cité ? s'emporta le banquier.

— J'enverrai des messages aux cités voisines, à Pompéi, Nola, Herculanum et Stabiae, afin que l'on contrôle tous les jeunes gens répondant à son signalement. Et je te jure qu'il finira sur la croix aux prochains jeux pour la plus grande joie de tous !

Sporus approuva bruyamment. Quant à Tyndare, il se contenta de déclarer d'une voix froide :

— Qu'il prie les dieux pour son salut. Car si je le retrouve, il regrettera de ne pas avoir fini sur la croix !

Dans la foule, on applaudit l'édile Trebius d'abord, et l'ancien gladiateur ensuite. Il y en eut quelques-uns pour plaindre le pauvre banquier volé, mais tous tombèrent d'accord pour se donner rendez-vous aux prochains jeux qui auraient lieu fin août.

— Le supplice de la croix ? souffla Lupus, la gorge serrée. Je suis innocent ! Sporus ment ! Il devait rendre ses économies à Tyndare aujourd'hui même...

— C'est sûrement lui qui a volé l'argent, fit remarquer tout bas Séléné. Il a tout manigancé. C'est tellement commode de faire accuser un esclave ! Personne ne mettra sa parole de banquier en doute !

Lupus, abasourdi par cette vérité si cruelle, ne résista pas quand Apollonius l'entraîna hors de la foule. Il entendit à peine Hélios déclarer :

— Les dieux ont décidé de ton sort, mon ami, tu ne rentreras pas chez ton maître...

— Les portes de la cité viennent juste d'ouvrir. Partons pour Pompéi, et vite ! ordonna Apollonius.

5

Pompéi

La cohue des charrettes était impressionnante !

Hélios et Séléné tirèrent Lupus en arrière avant qu'il ne soit renversé par une litière aux rideaux fermés. Ils n'avaient pas fait trois pas qu'on hurlait de nouveau derrière eux :

— Place ! Place !

Cette fois-ci, c'étaient plusieurs chaises à porteurs où étaient installés de riches citoyens vêtus de toges blanches.

Pompéi était une vaste cité très active de près de quinze mille habitants. Les rues étaient si encombrées qu'on avait été obligé d'en mettre certaines en sens unique afin de limiter les embouteillages ! De plus, les commerçants disposaient leurs étalages jusque sur les trottoirs. Sans parler des vendeurs ambulants qui proposaient fleurs ou fruits, des mendiants et des saltimbanques !

— Place au seigneur Valerius Lollius Venustus ! cria un homme.

La troupe d'Apollonius au complet se dépêcha de remonter sur le trottoir. Les jeunes Mucius et Florus soulevèrent leur mère Pétronia pour aller plus vite. Acca, la naine musicienne, grimpa avec agilité sur le haut trottoir et se colla contre le mur entre Hélios et Séléné. Lupus eut juste le temps de s'écarter avant qu'une luxueuse litière ne le frôle.

— Voilà le temple de Jupiter Capitolin, expliqua Apollonius. Nous nous trouvons à l'entrée du forum, la place publique.

« Que de monde ! » songea Lupus. Les trottoirs étaient bondés et le jeune homme remarqua que le pavage de la chaussée était usé de profondes ornières, tant les chars et les voitures passaient en grand nombre.

La quatrième heure du jour commençait. Les femmes s'en revenaient bras dessus bras dessous de faire leurs courses. Des petits enfants jouaient en braillant à la balle ou à la toupie. Quelques servantes, la cruche sur l'épaule, allaient à la fontaine en se racontant les inévitables potins du quartier.

— Regardez-moi cette pagaille ! fit en riant Lupus. Même le jour du marché à Nuceria, il n'y a pas une telle foule !

— Que dirais-tu si tu connaissais Rome ! plaisanta

Hélios. Là-bas les *insulae** font jusqu'à sept étages de haut. Ça grouille de monde et on s'insulte dans toutes les langues !

Lupus dut redescendre sur la chaussée, car un barbier prenait toute la place sur le trottoir. Deux hommes se faisaient raser, assis sur des tabourets. Le premier serrait courageusement les dents, habitué à la torture du rasoir. Mais l'autre, une joue en sang, hurlait comme un beau diable en menaçant de couper le nez et les oreilles de son bourreau !

Quelques pas plus loin, c'était un loueur de chaises à porteur qui occupait la moitié de la rue. Une matrone essoufflée vint se laisser tomber sur un des véhicules. Après avoir marchandé le prix de la course avec le patron, elle expliqua où elle habitait. Aussitôt, deux grands esclaves costauds soulevèrent la chaise pour l'emmener.

— Nous y sommes ! fit tout à coup Apollonius. Lors de notre dernier passage à Pompéi, voilà cinq ans, elle existait déjà.

Il montra du doigt une petite boutique, nichée sous des arcades peintes de blanc et de rouge. Au-dessus de la porte, une enseigne colorée représentait les Muses entourant le dieu Apollon.

— *Chez Sotimus, Boutique des arts,* lut Hélios. Tu avais raison, Père, ajouta-t-il en observant l'intérieur par la porte grande ouverte, c'est exactement ce qu'il nous faut.

Sur les étagères s'étalaient de beaux vases grecs.

Quelques jolies statuettes en terre cuite côtoyaient de petits bronzes délicats. Il y avait aussi des plats aux décors raffinés et des précieuses coupes en verre ou en argent.

— À vous de jouer, dit Apollonius en poussant son fils et sa fille vers l'entrée. N'oubliez pas... des larmes, du désespoir, de l'émotion... Séléné, ton costume est parfait. Hélios, ne parle pas trop.

Séléné, l'air abattu, franchit le seuil. Elle lança un bonjour timide au marchand d'art posté derrière son comptoir. Puis elle lui tendit les deux objets dérobés à Sporus en tremblant un peu. Hélios, un pan de son manteau sur sa tête en signe de deuil, passa aussitôt une main secourable autour de la taille de sa sœur, comme pour la réconforter.

— C'est tout ce qu'il reste de l'héritage de notre père, dit-elle avec des sanglots dans la voix très convaincants.

Sotimus, le commerçant, tourna et retourna le petit Mercure d'ivoire aux ailes d'or. Il observa du coin de l'œil les deux orphelins si désespérés, et flaira la bonne affaire. Aussi déclara-t-il en soupirant :

— Ce Mercure n'a rien d'original. On en fabrique de semblables dans tout l'Empire... Je vous en donne cent sesterces.

Mais le marchand retournait à présent l'autre objet d'un air intrigué. Bizarrement, il pâlit, les yeux écarquillés.

— Où votre père a-t-il eu cette amulette ? demanda-t-il.

— À Rome, mentit Hélios. C'est un médecin égyptien qui la lui a vendue. Mon père disait qu'elle le protégeait de la maladie.

— De la maladie ? s'étonna le marchand. Vous devez vous tromper... Ces signes... Le serpent de Sekhmet...

Il n'en dit pas plus. Le frère et la sœur se regardèrent du coin de l'œil. Sotimus se méfiait-il de quelque chose ? Mais, à leur grand soulagement, le marchand finit par déclarer :

— Ce n'est qu'une banale amulette gravée dans une dent d'hippopotame. Mais je trouverai bien à la vendre à un adepte d'Isis ou de Sérapis ! Allez, je vous donne cent cinquante sesterces pour les deux objets.

Le jeune couple avait à peine tourné le coin de la rue que Hélios envoyait son manteau en l'air et éclatait de rire.

Au reste de la troupe qui les attendait, Séléné déclara joyeusement :

— On les a vendus : nous allons manger !

— Oui, manger ! s'écria son frère d'un air béat. J'ai l'estomac qui gargouille ! Encore un jour sans argent, et nous étions obligés de vendre la carriole, notre mulet et les costumes ! Allons chez Liber !

Liber, un ancien légionnaire, tenait une *popina** dans la grande rue qui menait à la porte Marine. Son cabaret possédait, luxe suprême, deux tables minuscules avec des bancs de bois. Sans attendre, chacun choisit un plat.

— Hé, il y a des fèves ! Et là, ce sont bien des saucisses grillées ? Des beignets !

— Ah, du poulet ! J'adore le poulet !

Tandis que Liber, le cabaretier, plongeait sa louche dans les grandes jarres encastrées dans son comptoir où il tenait la nourriture au chaud, la petite troupe d'Apollonius salivait d'envie, les yeux exorbités à la vue des jambons et des saucissons qui pendaient aux étagères.

Pourtant, à peine entassés sur les bancs, les premières bouchées avalées, les habituels problèmes se rappelèrent vite à leur bon souvenir.

— Nous sommes depuis trois jours à Pompéi, s'inquiéta Acca, et nous n'avons toujours pas de travail.

Acca, la jolie naine musicienne, était pourtant d'un naturel optimiste. Mucius, son époux, un excellent mime, répondit la bouche pleine :

— Tais-toi, ma puce, et mange !

Acca sourit et se jeta goulûment sur ses beignets de poisson. Apollonius n'en finissait plus de ronger un des os de son poulet aux figues. Quant au jeune Florus, le frère de Mucius, il mâchouillait avec délices un morceau de saucisse.

Florus, de taille moyenne et frêle, était spécialisé dans les rôles de femme. Il jouait avec talent les jeunes amoureuses de comédie comme les reines grecques de tragédie.

— Hé ! la servante ! s'écria Apollonius. Apporte encore du *garum** ! Sans mentir, ta cuisine est digne des Césars !

La jeune femme posa aussitôt la poule qu'elle plumait. Elle contourna le comptoir, un grand sourire aux lèvres, pour leur apporter un bol de cette sauce au poisson fermentée qu'adoraient les Romains.

— Quel appétit ! s'étonna-t-elle en contemplant leur petite table couverte de victuailles.

D'ordinaire, on mangeait peu le matin et à midi ; on se contentait de grignoter debout. La plupart des gens se réservaient pour la *cena,* le copieux repas de l'après-midi, qui durait jusqu'au soir.

— Merci, digne fille de Lucullus ! lança Apollonius d'un ton emphatique en lorgnant au passage la jolie silhouette de la servante.

Depuis que sa femme était morte, Apollonius trouvait beaucoup d'attraits aux servantes des cabarets. D'abord, elles étaient souvent propres. Ensuite, elles se contentaient de menus cadeaux. Mais, surtout, elles ne faisaient jamais d'histoires quand la troupe repartait.

Il attrapa un gros pain rond. Le boulanger avait dessiné dessus huit parts égales qui le faisaient ressembler à une grosse marguerite. Apollonius en découpa une portion qu'il trempa dans la sauce.

— Vous voyez, poursuivit le chef de la troupe, je suis

allé au temple d'Apollon ce matin et, avec notre dernier argent, je lui ai offert un pigeon. Le prêtre l'a accepté. J'ai eu raison, Apollon nous a aidés ! Depuis toujours, il protège les comédiens !

La bouche barbouillée de sauce, Lupus posa son *ofella,* une brochette de viande, pour attaquer ses fèves au cumin. Il lâcha un instant des yeux son écuelle pour contempler Séléné qui léchait ses doigts avec application.

Seule la vieille Pétronia, la mère de Mucius et Florus, semblait ne pas prendre plaisir au repas. Lupus avait vite compris qu'elle avait l'esprit dérangé. Pourtant il ne put s'empêcher de faire un bond quand la vieille, yeux révulsés et poings serrés, s'écria devant son plat toujours plein :

— Il faut s'enfuir de Pompéi ! Les dieux n'aiment pas cette cité ! Elle est maudite ! Maudite !... Bientôt les génies de la montagne vont punir les habitants pour leur impiété ! Il faut fuir, vite !

Lupus se sentit tout à coup mal à l'aise. Dans son pays, à Rhodes, on respectait les fous car ils étaient les messagers des dieux. Cependant, dans la troupe, on faisait apparemment peu de cas des prédictions de la vieille Pétronia.

D'ailleurs Hélios regarda Lupus d'un air entendu, puis il tourna le bout de son l'index contre sa tempe dans un geste universel.

— C'est cela, fit-il après une gorgée de vin coupé d'eau fraîche, nous allons tous périr... Mais c'est Acca qui a raison, nous périrons de faim si nous ne trouvons pas de travail !

— Il y a tant de troupes dans cette cité, expliqua Apollonius, qu'il n'y a pas assez de travail pour tout le monde.

— Pourquoi ne pas monter une estrade et jouer dans la rue ? demanda Lupus.

— Parce que nous sommes de vrais comédiens et non de vulgaires saltimbanques ! s'indigna Apollonius.

Lupus s'en voulut aussitôt d'avoir vexé le chef de la troupe. Il tenta de se rattraper en proposant :

— J'ai bien quelques idées qui pourraient vous aider à trouver du travail... Si tu le souhaites, je vous les expose.

Apollonius, son os de poulet à la main, répondit aussitôt :

— Toute idée est la bienvenue. Il nous faut du travail.

Lupus regarda chaque membre de la petite troupe, puis il expliqua :

— Mon ami Simius, qui est le meilleur vendeur que je connaisse, dit toujours que, pour bien vendre, il faut donner envie aux gens d'acheter... Vous êtes de bons comédiens...

Une vague d'applaudissements l'interrompit. Il reprit en riant :

— Jouez donc la comédie pour vanter vos mérites !

— Que veux-tu dire ?

— Jamais de ma vie je n'ai vu autant de gens oisifs

qu'ici, expliqua Lupus. À croire que les Pompéiens passent leur temps à ne rien faire, à part se promener et discuter avec des amis ! Vous pourriez aller dans des endroits fréquentés par de riches citoyens et déclarer bien fort : « J'ai engagé la troupe d'Apollonius. Mon cher, quels comédiens ! Voilà des années que je n'avais vu jouer les classiques avec autant de plaisir ! En plus, ils ne sont pas chers... Et quels musiciens ! poursuivit Lupus avec un clin d'œil à Acca. Jamais je n'avais vu une si jolie naine musicienne ! »

Acca se mit à glousser, sa main potelée devant sa bouche. C'est vrai que les Romains appréciaient les nains. D'ailleurs, la jeune femme ne manquait pas d'admirateurs, au grand déplaisir de son époux !

— Et la danseuse ? demanda Séléné en battant des cils. Comment est la danseuse ?

— Ravissante ! Mince et souple comme une liane ! Ses pieds touchent à peine le sol tant elle est légère !

De nouveaux applaudissements retentirent, qu'Apollonius fit taire d'un coup d'os de poulet sur la table :

— Ton idée me plaît, lança-t-il au jeune esclave. Cela donnerait peut-être envie aux gens de nous embaucher. Partageons-nous par groupes de deux ou trois, ainsi nous toucherons davantage de monde.

La vieille Pétronia, perdue dans son monde imaginaire, releva brusquement sa tête auréolée de cheveux blancs, le regard fixe, pour cracher :

— N'y allez pas ! Ils vont tous mourir ! Vulcain va les punir !

— Mais oui, Pétronia, tu as raison ! plaisanta Hélios avec une inébranlable bonne humeur. On va tous mourir ! Eh ! Pétronia ! Donne-moi donc tes saucisses aux choux, puisque tu ne les manges pas !

6

Claudia

Apollonius et Hélios étaient partis au forum. Acca s'occupait de Pétronia. Quant aux deux frères, Mucius et Florus, ils s'étaient décidés pour les thermes. Après un tel repas, ils avaient besoin d'un bon bain et d'un peu exercice !

Lupus et Séléné choisirent la Grande Palestre*. On leur avait expliqué à la *popina* de Liber que l'endroit était une des promenades préférées des Pompéiens.

Vaste terrain planté de beaux arbres, le centre de la Palestre était pourvu d'une grande piscine... vide. Un autel de marbre, ainsi qu'une statue de l'empereur Auguste trônaient non loin du bassin.

— Elle est vide à cause des travaux, expliqua Séléné. Il y a eu un terrible tremblement de terre à Pompéi voilà dix-sept ans. Les dégâts ont été si importants que la ville n'a pu être entièrement reconstruite.

Il aurait fallu être aveugle pour ne pas le remarquer ! Certaines maisons étaient toujours en ruine et presque toutes les statues du forum se trouvaient par terre !

— Je sais, répondit Lupus. Ce séisme a touché également Nuceria. Mon maître avait un fils unique. Il est mort pendant la catastrophe... Liber avait raison, il y a beaucoup de monde. Allons voir les jeunes qui s'entraînent.

Au milieu des promeneurs, des jeunes gens lançaient le disque et le javelot, d'autres se défiaient à la course ou à la lutte. Les badauds commentaient en connaisseurs l'adresse des uns ou la force des autres.

Lupus et Séléné s'approchèrent, cherchant parmi les spectateurs oisifs ceux qui seraient prêts à les écouter. Justement, trois hommes appuyés contre un arbre observaient des jeunes filles, en tunique courte, qui faisaient la course.

— Non, fit Séléné. Ces trois hommes m'ont l'air fauchés.

— Regarde ! lança Lupus, un *litterator* !

Un professeur avait installé son cours à l'ombre des arcades. L'endroit était bien choisi car les passants pouvaient ainsi apprécier les qualités pédagogiques du *litterator* et les progrès des élèves.

Une vingtaine d'enfants de six ou sept ans étaient assis en tailleur sur le sol. Ils avaient posé sur leurs genoux leur tablette et leur stylet et récitaient en chœur l'alphabet, un coup à l'endroit, un coup à l'envers.

— Voilà ce qu'il nous faut ! fit tout à coup Séléné en tirant Lupus par le bras.

À quelques pas d'eux, près de l'autel où l'on sacrifiait au divin Auguste les jours de fête, se tenait un groupe de quatre femmes aux *stolae* de couleurs vives, et pomponnées de frais. Elles étaient accompagnées des servantes portant des ombrelles pour les abriter de l'ardeur du soleil.

— Allons-y, poursuivit Séléné. Ces femmes m'ont l'air d'être à la fois aisées et cultivées...

— Mon père a donné une fête splendide hier ! s'écria Séléné pour être entendue.

— Vraiment ? répliqua Lupus d'un ton beaucoup trop haut pour être naturel.

La jeune fille eut malgré elle un début de fou rire. Ce fut pire encore lorsqu'il continua d'une voix trop basse :

— Et il y avait des musiciens et des comédiens ?

Séléné lui pinça le bras pour le rappeler à l'ordre, ce qui arracha une grimace au jeune homme. Puis elle se força à respirer profondément pour poursuivre d'un ton mélodieux :

— Bien sûr ! Comment faire une fête sans musiciens ?

Lupus éclata d'un rire guère discret. Cela attira les regards des quatre femmes, qui commencèrent à les observer.

73

— Nous avons embauché la troupe d'Apollonius, reprit Séléné. Tu sais, cette troupe excellente que l'on trouve à l'auberge des Dauphins, près de la porte Marine...

C'est là en effet que le responsable de la troupe avait décidé d'élire domicile dès le soir.

Lupus allait répondre lorsque son regard buta sur la grande silhouette d'un promeneur barbu. Tout en marchant il se penchait vers une femme qui lui tenait le bras.

— Ah oui, finit-il par répondre, la fameuse troupe d'Ap... d'Ap...

Mais l'homme venait de lever la tête !

— Tyndare ! s'écria alors Lupus en reconnaissant l'ancien gladiateur. Regarde, Séléné ! C'est Tyndare !

— Tu as raison, approuva la jeune fille, c'est bien lui !

— Viens, suivons-le ! Et je saurai où il habite !

Les deux jeunes gens partirent aussitôt en courant, plantant là les matrones qui en restèrent pour leurs frais.

Tyndare et sa compagne avaient une cinquantaine de pas d'avance sur eux. Ils franchissaient à présent une des trois portes de la Palestre donnant sur le grand amphithéâtre où avaient lieu les jeux.

— Ils ont tourné à gauche !

L'esplanade était sacrement encombrée ! À croire que toutes les charrettes de Pompéi s'y étaient donné rendez-vous ! Fort heureusement, Tyndare s'arrêta pour éviter une mule chargée de couffins remplis de fruits et de légumes.

Lupus et Séléné ralentirent avant de se mettre à l'abri d'une carriole débordant de tissus. À présent, ils distinguaient parfaitement le couple. Tyndare avait un bon sourire. Il contemplait sa compagne d'un œil ravi. En fait, la femme était une toute jeune fille.

— Par les dieux, souffla Lupus, qu'elle est belle ! C'est Vénus en personne !

Elle avait quatorze ou quinze ans. Ses cheveux d'un blond naturel étaient souples et ondulés. Ses yeux clairs pétillaient de gaieté. Un superbe sourire mettait en valeur ses dents petites et régulières. Elle portait une *stola** bleu ciel qui laissait apparaître, sous une *palla** de gaze légère, des bras blancs et minces.

— Allez, père, suppliait-elle d'une voix caressante. Laisse-moi aller au théâtre !

— Voyons, Claudia, répondit Tyndare d'un ton faussement sévère, une jeune fille n'a rien à faire toute seule au théâtre !

— Je n'y vais pas seule, répliqua Claudia, puisque mon pédagogue* m'accompagne ! Allez, père ! supplia-t-elle de nouveau.

Tyndare se mit à rire et il accepta de bon cœur.

— Même sa voix est belle, renchérit Lupus avec un étonnement incrédule. Comment une créature si douce peut-elle avoir un père pareil ? Une vraie brute. Attention, ils repartent !

Il tira Séléné par le bras, qui le suivit docilement.

Pourtant Lupus ne remarqua pas combien le visage de son amie s'était brusquement assombri.

— Regarde ! poursuivit Lupus, ils frappent à une petite porte ! Ce doit être une maison importante. Tu as vu ce haut mur ? C'est sûrement la porte d'un jardin...

Séléné ne répondit pas, comme perdue dans ses pensées. Le jeune homme se retourna et put voir alors les lèvres rouges de son amie, minces comme un trait tant elles étaient serrées, ainsi que son air maussade.

— Qu'as-tu ? demanda-t-il d'un ton inquiet. Tu es fâchée parce que nous avons quitté la Palestre sans finir notre comédie ?

Séléné sembla faire un effort pour sourire et répondit :

— Pas du tout ! Tyndare est plus important que ces quatre matrones. Quant à cette fille... ce ne doit pas être bien difficile d'être belle, quand on est aussi riche !

Lupus ne fit pas attention au sarcasme qui pointait dans la voix de Séléné. La petite porte s'ouvrit, dévoilant un magnifique jardin fleuri.

Claudia posa la main sur le chambranle. Tout à coup, elle se retourna, semblant chercher quelqu'un parmi les promeneurs. Se sentait-elle observée ? Son regard croisa celui de Lupus, qui manqua en tomber à la renverse. Les yeux bleus lui coupèrent le souffle. D'un coup, il se noyait dans le bleu du ciel, le bleu de la mer...

— Claudia ? s'étonna Tyndare. Qu'as-tu ?

La jeune fille se tourna vers son père d'un air égaré.

Elle lui sourit, puis elle franchit la porte, qui se referma aussitôt sur eux.

Lupus respira profondément. Combien de temps cela avait-il duré ? Des siècles ? Quelques instants ? Une éternité !

— Ho ! pesta Séléné, reprends tes esprits ! Je croyais que nous suivions Tyndare pour retrouver ta famille !

Lupus se mordit les lèvres, comme pris en faute.

— Naturellement ! fit-il d'une voix émue malgré lui.

Un océan bleuté l'entourait encore. Le chant des Sirènes résonnait toujours à ses oreilles...

— Hé ! toi !

Une main s'abattit violemment sur l'épaule de Lupus. Deux hommes leur faisaient face. À voir leurs tuniques identiques et leurs ceinturons de cuir où pendait un glaive, c'étaient des esclaves publics.

— Des vigiles... articula Séléné en agrippant le bras de Lupus.

Le jeune homme retint son souffle. La garde urbaine l'avait retrouvé ! Le cœur battant, il observa à gauche et à droite, cherchant un passage pour fuir.

— Pourquoi surveillez-vous cette maison ? demanda alors l'un des deux hommes en pointant Lupus du doigt.

Le jeune homme tenta de maîtriser le mouvement de panique qui l'étreignait. Il ne fallait surtout pas que les vigiles remarquent son trouble.

— Nous ne faisons rien de mal, se défendit Lupus.

— À qui veux-tu faire croire cette fable ? s'écria le second vigile. Nous vous observons depuis un bon moment. Vous suiviez les deux personnes qui sont entrées dans la maison d'Octavius Quartio...

— Octavius Quartio... ? répéta Lupus d'un air déçu.

— Comme si tu ne le savais pas ! attaqua le premier homme. Tu serais bien le seul à Pompéi à ne pas connaître le prêtre d'Isis !

— Nous l'ignorions, expliqua Séléné. Nous ne sommes pas de la cité. En fait, vous aviez raison, nous suivions ces personnes.

Lupus eut un hoquet de surprise ! Séléné était-elle devenue folle ?

— Mon... cousin, poursuivit-elle en baissant le nez, trouvait la jeune fille très à son goût. Il voulait savoir où elle habitait.

Les deux esclaves publics partirent d'un gros rire. Le fait que Lupus devienne d'un beau rouge cerise fit encore monter leur hilarité.

— Tu vises trop haut, mon pauvre garçon, fit l'un des deux hommes sans cesser de rire. Nero Claudius Tyndare se promène peut-être sans suite, comme un citoyen ordinaire, mais il est très riche et très puissant !

Lupus ferma les yeux, remerciant les dieux de ce retournement de situation.

— Vous connaissez ce Tyndare ? laissa-t-il échapper en reprenant espoir.

— Naturellement, se rengorgea le vigile. C'était un gladiateur d'un grand courage !

— Un gladiateur ? s'étonna faussement Lupus.

— Autrefois, c'était le meilleur ! fit admirativement le vigile. Il a eu près de cinquante victoires ! Le Divin Néron l'a affranchi. Et il lui a donné tant d'or, qu'aujourd'hui Tyndare est riche comme Crésus !

— Tyndare vient passer chaque été à Pompéi, loin de la chaleur et de la puanteur de Rome, poursuivit l'autre garde.

— Ne t'avise plus de le suivre, ordonna son collègue en fronçant les sourcils, et laisse sa fille tranquille. D'ailleurs, si j'étais toi, je m'occuperais plutôt de ta jolie cousine ! Elle te regarde comme si tu étais Adonis en personne !

Ce fut au tour de Séléné de rougir.

— Vous vous trompez, fit-elle d'un ton presque agressif. Je ne regarde pas mon... cousin... comme s'il était... Adonis ! Et il peut bien aimer toutes les filles riches de l'Empire, cela m'est bien égal !

Les deux vigiles se poussèrent du coude en riant.

— Allez, filez maintenant ! dirent-ils enfin.

Lupus attrapa Séléné par le bras et l'entraîna avant qu'ils ne changent d'avis.

— Est-ce vrai, plaisanta-t-il en s'éloignant que tu me regardes comme si j'étais Adonis ?

— Tu rêves ! répliqua Séléné avec agacement. Je le leur ai fait croire parce que je suis une bonne comédienne !

L'explication suffit à Lupus. Il esquissa un pas de danse sur le trottoir et dit d'un air réjoui :

— Tu te rends compte, Tyndare est à Pompéi pour tout l'été ! Ma mère et Actis sont sûrement ici !

Puis il poursuivit en faisant une pirouette :

— Par Vénus et son fils Cupidon, que Claudia est jolie ! Je crois que je suis amoureux !

Il attrapa la comédienne par la main et traversa la rue en sautant sur les grosses pierres qui permettaient de garder les pieds au sec les jours de pluie.

Tout à sa joie, il ne remarqua pas la larme qui coulait le long de la joue de Séléné, laissant une traînée de maquillage noir. Elle l'essuya à la vitesse de l'éclair.

7

Funérailles

— Voilà le cyprès ! dit Lupus à ses compagnons.

L'arbre dédié à Pluton, le dieu des morts, avait été placé devant la porte, indiquant qu'un décès endeuillait la maison.

La veille, l'esclave était allé voir les libitinaires* de la cité pour proposer leur aide. Il n'avait pas manqué de vanter le talent de la troupe d'Apollonius, et avait insisté sur le fait que les comédiens pouvaient conduire des funérailles comme des professionnels.

Pluton était avec lui ! Les libitinaires ne savaient plus où donner de la tête. Huit Pompéiens avaient eu le mauvais goût de mourir en même temps, au cours des derniers jours.

— Maudits tremblements de terre ! lui dit Agénor,

le maître de cérémonie, lorsqu'il le reçut. La maison de Tiberius Ambrosius s'est écroulée. Quatre morts. Ils ne sont pas beaux à voir ! Cornélia Flavia est morte en couches. Les femmes ont enterré son bébé cette nuit. Et puis, il y a ces deux maçons. Leur échafaudage s'est effondré. Du coup, il me manque du monde pour les funérailles de Caïus Arrius Quietus.

— Nous pouvons t'aider, fit Lupus, tout content.

— Attention, expliqua le maître de cérémonie. Je ne te parle pas de funérailles ordinaires. Quietus est de l'illustre *gens** Arria. La moitié de la cité sera là. Je te propose du travail pour cinq hommes.

Lupus accepta. Comme la troupe ne comptait que quatre comédiens, il décida de faire le cinquième.

Et voilà, leur premier travail à Pompéi commençait...

La porte de la maison Arria était grande ouverte. On avait exposé le corps du défunt sur un lit dans le *tablinum*. Ainsi, chacun pouvait lui rendre un dernier hommage. À la lueur des candélabres, il apparaissait sans artifices, comme le vieil homme qu'il était, chauve et boursouflé par la maladie.

— Venez, fit Agénor, après qu'ils se furent recueillis devant la dépouille. Les enfants de Quietus veulent que vous représentiez leurs ancêtres. Vous porterez leurs masques durant les funérailles.

La chose n'était pas courante, mais le mort était un homme public, deux fois duumvir* et prêtre de Mars.

Les comédiens avaient donc revêtu des tenues de

parade. Florus, Mucius et Apollonius se retrouvèrent vêtus de toges sur de luxueuses tuniques. Ils seraient, le temps des funérailles, sénateur de Rome et préfets. Lupus et Hélios, quant à eux, héritèrent de costumes militaires, deux des ancêtres de Quietus s'étant illustrés l'un en Gaule avec Jules César, l'autre en Pannonie[1] au côté de Germanicus.

Bientôt le convoi funéraire s'ébranla, les musiciens en tête. Derrière suivait la litière où reposait le corps du défunt. Par testament, Quietus avait rendu la liberté à bon nombre de ses esclaves. Ces nouveaux affranchis, reconnaissables à leur *pileus**, leur bonnet phrygien, portaient la dépouille pour son dernier voyage.

Ensuite venaient les comédiens. Avec leurs visages cachés sous les masques des ancêtres, on aurait dit que les aïeux de la *gens* Arria étaient déjà là pour accueillir Quietus ! Pour parfaire cette sinistre mise en scène, ils portaient à bout de bras des torches enflammées.

Derrière eux suivaient les pleureuses profession-nelles. Elles étaient parfaites de désespoir, hurlant leur peine, se frappant la poitrine, et s'arrachant quelques cheveux pour faire plus vrai.

— Le meilleur des hommes nous quitte ! criaient-elles. Qu'allons-nous devenir ?

La famille semblait accablée par son malheur. Enfants, petits-enfants, cousins, alliés, esclaves et

---

1. Région d'Europe centrale comprenant la Hongrie et une partie de la Yougoslavie et de la Roumanie actuelles, que les Romains conquirent vers le Iᵉʳ siècle.

« clients », tout le monde était là. Et puis le peuple, qui avait élu l'homme autrefois, suivait aussi.

On s'arrêta au forum pour un bref éloge funèbre, puis on passa les *arches** de la porte de Nuceria. Bientôt les premières tombes de la nécropole furent en vue. Mais brutalement, le convoi s'arrêta. Une série de braiments incongrus couvrirent le chant lugubre des flûtes. Le maître de cérémonie se précipita avec inquiétude.

Une modeste carriole tirée par un âne bouchait la route. Mais le quadrupède, qui n'avait aucun sens des convenances, refusait obstinément d'avancer.

— Pousse-toi ! ordonna Agénor.

Le conducteur, un grand échalas maigre, avait beau tirer l'animal, le frapper et le menacer, rien n'y faisait ! Son passager, un gros homme coiffé d'un pétase, un chapeau à large bord, s'épongeait le front de son mouchoir en regardant ailleurs : croiser un mort sur sa route n'était pas un très bon présage !

Dans le cortège, quelques protestations fusèrent. Les pleureuses cessèrent de pleurer et les affranchis en profitèrent pour poser la litière et s'éloigner de quelques pas.

À vrai dire, Quietus était mort depuis six jours et, même si on avait lavé et parfumé son corps avec des aromates, il ne sentait pas vraiment bon...

— Dégage ! s'emporta le maître de cérémonie. Ne vois-tu pas qu'une famille éplorée a perdu l'un des siens ?

Mais non, l'âne ne bougea pas !

Des hommes se détachèrent alors du convoi pour prêter main-forte et se mirent en devoir de pousser l'animal.

— Allons-y, proposa Lupus qui commençait à étouffer sous son masque. Qu'on en finisse !

Il faisait chaud comme dans un four. Quant à la chaleur des torches et à l'odeur du cadavre, elles n'arrangeaient rien ! Mais quelle ne fut pas la surprise de Lupus lorsqu'il approcha ! Le grand homme maigre n'était autre qu'Icarios. Le passager, Sporus, prit enfin la peine de descendre pour alléger la carriole. Tout en continuant à s'éponger, il dit du bout des lèvres au maître de cérémonie :

— Nous allons chez mon ami Sextus Horatius Maximus, le grand sénateur de Rome, qui me prête sa maison d'été.

Sporus pensait sans doute impressionner l'auditoire par la qualité de ses relations, il n'en fut rien. À Pompéi, beaucoup de maisons appartenaient à de riches Romains.

— Nous sommes partis de Nuceria à l'aube, et mon âne est fatigué, poursuivit-il d'un air pincé.

Lupus, incognito sous le masque, prit un malin plaisir à lui jeter froidement :

— Si tu étais moins gros et si ta carriole était moins chargée, ton âne ne serait pas aussi fatigué !

La voix étouffée de Lupus semblait venir d'outre-tombe. Sporus, devant ce mort vivant armé d'une torche, recula d'un pas. Il recula encore d'un pas, l'air apeuré, lorsqu'un second ancêtre Arrius s'approcha de lui.

— Que viens-tu faire ici ? demanda Hélios au banquier. Ne vois-tu pas que tu empêches l'honorable Caïus Arrius Quietus de retrouver les siens ?

Sporus rentra la tête dans les épaules, son visage devint blême sous le grand chapeau. Il bégaya un peu en répondant :

— Je suis là pour... affaires. Je... viens voir... des clients ! Je ne veux en rien... déranger la tranquillité de l'illustre Quietus... Tiens, je suis même prêt à faire un sacrifice pour le repos de son âme !

— Fais-le, ordonna Lupus. Ou nos âmes te hanteront.

— Je le... fe... ferai !

Comme si cette promesse avait suffi, l'âne, tout à coup, se remit en marche. Il partit même au petit trot, laissant loin derrière lui Sporus et Icarios. Les deux hommes durent courir pour rattraper leurs affaires qui s'en allaient !

La chose était si étrange que la famille cria au prodige. À coup sûr, l'âme du défunt était intervenue. Quant aux deux comédiens, ils devaient être habités par les ancêtres qu'ils étaient censés représenter ! Ils étaient si pleins de noblesse, de calme et d'assurance !

Lupus et Hélios, riant sous cape, reprirent leur place. Les affranchis soulevèrent la litière sans plus faire attention à l'odeur et les pleureuses versèrent de vraies larmes.

De crainte que Quietus n'intervienne à nouveau, on exécuta les rites avec une ardeur redoublée. Une fois le bûcher éteint avec du vin, les libitinaires rassemblèrent les os du défunt. Ils les lavèrent avec plus de soins que d'ordinaire, avant de les placer dans l'urne à son nom.

De retour à la maison Arria, le fils aîné de Quietus remit pieusement les masques sacrés à leur place.

— Voici pour vous, fit Agénor, le maître de cérémonie, en tendant une bourse à Apollonius.

— Mais, s'étonna le chef de la troupe, il y a le double de ce qui était convenu !

— La famille tient à payer le double. Magnifiques funérailles ! Les ancêtres semblaient si présents qu'un moment, on les a crus ressuscités !

Agénor se frotta les mains, ravi. La troupe allait prendre congé lorsque le maître de cérémonie leur demanda :

— J'organise un banquet funéraire dans deux jours pour Manius Vibrius. Ce n'était pas un lettré, ce pauvre Manius ! On le voyait plus souvent aux jeux de l'amphithéâtre qu'à l'Odéon ! Il aurait donné toute Iliade et l'Odyssée pour une attelane* bien grotesque. Pourriez-vous venir en jouer une ?

— Naturellement !

Ce midi-là, à l'auberge des Dauphins, Apollonius remit solennellement à Lupus la moitié de leurs gains.

— Non, fit l'esclave. Je ne veux que ma part !

— Sans toi, nous n'aurions pas fait ces funérailles. Et puis, si tu veux retrouver ta mère et ta sœur, il te faudra des économies. Dorénavant, chaque fois que tu nous trouveras du travail, nous te donnerons de l'argent.

Lupus accepta sans faire plus de manières.

— Par les dieux ! s'esclaffa Hélios, as-tu vu la tête que faisait Sporus ! On aurait dit un enfant terrorisé par la lamie* !

Le visage de Lupus se rembrunit aussitôt.

— Et s'il me retrouvait ? s'inquiéta le jeune homme.

Mais Hélios haussa les épaules :

— Comment veux-tu qu'il te retrouve ? Il est à Pompéi pour voir ses clients. Dans quelques jours, il repart.

— Il te suffira d'éviter le forum et la basilique où l'on traite les affaires, renchérit Séléné. Tu l'as entendu, Sporus loge chez le grand sénateur Machin Maximus de Rome. Je l'imagine mal perdre son temps à se promener dans les rues avec son crâneur de secrétaire !

— Assez discuté ! jeta joyeusement Apollonius.

Il fit tinter des pièces au creux de sa main et ajouta :

— Je vous invite au théâtre !

— Mais, s'indigna Lupus, du théâtre nous en avons fait toute la matinée !

— Cet après-midi, reprit Apollonius, tu verras de grands acteurs. J'ai appris que l'édile avait autorisé la troupe de Saturnius, une des meilleures de Rome, à venir à Pompéi. Ils jouent *L'Andrienne* de Térence !

Les comédiens se mirent à crier de joie. Lupus, quant à lui, ronchonna. Térence était un auteur vieux de deux siècles, cela promettait d'être parfaitement ennuyeux.

Mais personne ne l'écouta. Séléné courut arranger son maquillage, Hélios peignit ses longs cheveux en sifflotant et Acca sautilla de joie ! Même Pétronia fendait sa bouche édentée d'un grand sourire !

— Tiens, fit Hélios en tendant à Lupus une tunique blanche bordée de bleu, je te la prête. On recherche un esclave à la tunique brune, ainsi tu passeras inaperçu.

— Hélios a raison, renchérit Séléné. Viens, je vais couper tes cheveux. Sporus lui-même ne te reconnaîtra pas !

Avant qu'il ne proteste, elle le prit par le cou et le força à s'asseoir sur une des paillasses de leur chambre. Puis elle enfonça ses doigts dans les cheveux de l'esclave dans un geste sensuel qui le fit rougir.

Quelques instants plus tard, la jeune fille posait les ciseaux. Lupus, coiffé de petites boucles brunes, était méconnaissable. Satisfaite du résultat, Séléné lui planta un baiser sur la joue.

8

Meurtre au théâtre

Cela piaillait comme dans un poulailler ! Voilà bien longtemps que Lupus n'était pas allé au théâtre. Depuis... Rhodes. Son père les avait emmenés voir une comédie de Ménandre. C'était d'un drôle ! Sa mère pleurait de rire devant les pitreries des acteurs. Quant à Actis, elle...

« Assez, Lupus, se reprit-il. Tu te fais du mal ! »

Les premiers gradins, ceux qui entouraient la scène et l'orchestre, étaient réservés aux décurions et à l'élite de la cité. Au milieu des toges, on distinguait le chapeau pointu du flamine* de Jupiter habillé d'une simple tunique de laine. Quelques dames, vêtues de somptueuses *stolae,* s'éventaient gracieusement ou s'abritaient sous des ombrelles. Sur les gradins suivants s'entassait le peuple.

Cet après-midi, le spectacle était offert par un certain Valerius Lollius Venustus, qui se présentait aux élections d'édile. L'entrée étant gratuite, il était important d'arriver de bonne heure afin d'être bien placé. Il ne fallut guère que deux heures pour que les cinq mille places du théâtre soient toutes occupées.

Deux heures à attendre en plein mois d'août, c'est bien long ! Des vélums avaient été tendus sur de longues perches au-dessus de la foule afin de la protéger du soleil, ce qui n'empêchait pas de transpirer à grosses gouttes.

Pour patienter, chacun s'occupait comme il pouvait. On s'interpellait d'un gradin à l'autre, et gare à celui qui quittait sa place ! Les disputes étaient nombreuses :

— C'est ma place ! Je l'ai depuis l'ouverture !

— Non, c'est la mienne ! J'avais déposé là le coussin de ma femme !

— Tu sais où tu peux te le mettre, ton coussin ?

Apollonius avait acheté de quoi manger. Une fois assis, chacun se mit à dévorer son pain, son fromage et sa poignée d'olives. Une gourde d'eau mêlée de vin les désaltéra.

Leurs voisins de devant faisaient un vrai festin. Ils grignotaient pigeons rôtis et friandises étalés sur une grande serviette. La femme portait une *stola* orange des plus voyantes et sa coiffure était compliquée à souhait. Son *ornatrix** avait mêlé ses vraies tresses châtains à de fausses tresses blondes qui devaient se trouver, voilà encore peu de temps, sur la tête d'une Germaine ou d'une Gauloise. Le tout était relevé en un chignon défiant les lois de la nature ! L'homme avait mit sa toge. À voir son air emprunté, il ne devait pas la porter souvent.

Mucius, le mime, se mit à les singer sans la moindre compassion, ce qui déclencha une vague de rire dans les gradins supérieurs.

— Ah ! cria la foule.

L'édile Cnéius Helvius Sabinus venait d'arriver.

— As-tu vu les bijoux de sa femme ? s'écria la matrone de devant à son mari. Rien qu'avec ses bracelets en or, on pourrait s'acheter une ferme ! Dire que tu ne m'offres que des breloques en argent ! Espèce de radin !

— Chut, fit Apollonius, voilà le prologue !

Le silence se fit, le spectacle commençait. Bientôt, plus personne ne prêta attention à la chaleur. Les acteurs, le visage couvert de leurs masques, jouaient divinement. Grâce à leurs chaussures à hautes semelles, les cothurnes, et leurs amples costumes, tout le monde, jusqu'au dernier rang, pouvait les voir.

Peu à peu Lupus se prit au jeu. Ce qu'il croyait être une vieille pièce ennuyeuse se révélait drôle et même poignante par moments.

— Écoute, Florus, soufflait Apollonius. Vois comme il tient ses mains. Mucius, as-tu vu ce geste ? Et le ton de sa voix... Par Apollon ! j'aimerais que nous atteignions une telle perfection !

La troupe d'Apollonius était aux anges. Les comédiens scandaient les répliques en même temps que les acteurs. Comme beaucoup de spectateurs, ils connaissaient la pièce par cœur !

Puis vint un intermède musical.

— Ah ! fit la foule.

Ceux qui n'étaient pas très érudits se régalèrent de musique et de danse. Avant que la pièce ne reprenne, Apollonius se tourna vers Lupus pour lui glisser :

— N'est-ce pas merveilleux d'être acteur ? Un jour tu es roi, un autre, tu es dieu !

Au même instant, à l'autre bout de la cité, un drame se déroulait. Un grand homme maigre suivi d'un autre, ventripotent, entrait chez Sotimus, le marchand d'art.

— Bonjour, fit l'homme corpulent en se plantant devant le comptoir. Je suis Marcus Sporus de Nuceria. J'ai reçu ta lettre hier. Montre-moi les objets.

Le marchand, avec des gestes lents, lui présenta le Mercure aux ailes d'or.

— C'est bien le mien, dit Sporus d'une voix tremblante d'émotion. Donne-moi vite l'ivoire égyptien !

Il tendit une main avide vers le marchand, mais l'autre ne sortit rien de plus de dessous son comptoir.

Sotimus expliqua avec un fin sourire rusé :

— Ne t'inquiète pas, je l'ai aussi. Deux jeunes gens sont venus me les vendre... Si ce Mercure est ordinaire, en revanche, on voit rarement des ivoires magiques. Le tien est une pièce très ancienne. Le plus drôle, c'est que ces jeunes gens n'en connaissaient ni la valeur ni la puissance... Et puis, le lendemain, les vigiles sont venus m'avertir que le banquier de Nuceria avait été volé. Je devais les prévenir si on tentait de me vendre un Mercure ou une amulette égyptienne... Bien sûr, je n'ai rien dit, et je t'ai écrit.

— Rends-moi mon amulette ! ordonna Sporus.

Cela fit rire Sotimus qui proposa :

— Donne-moi dix mille sesterces et je te la rends.

Sporus manqua s'étouffer. À son tour, il tenta de négocier :

— Ce talisman ne marche que s'il est associé à une formule magique... Que feras-tu de l'ivoire sans la formule ?

— Je le sais fort bien, répliqua Sotimus du tac au tac. Et toi, que feras-tu de ta formule s'il te manque l'ivoire ?

Sporus resta sans voix, impuissant. Mais Sotimus reprenait :

— Ne m'en veux pas si je suis prudent. Un de mes fournisseurs, un amateur d'antiquités égyptiennes, m'a raconté que, voilà trois mois, à Rome, un mage chaldéen était mort. Assassiné. On lui a volé un ivoire antique très puissant. On raconte que cet ivoire magique porte le signe de Sekhmet, celle que l'on nomme la « déesse dangereuse ». Il aurait le pouvoir d'écraser les ennemis de celui qui le possède...

— Tu crois donc à ces sornettes ? ricana Icarios. Mon maître n'a pas d'ennemis ! Il est l'ami des *honestiores** les plus riches de Rome. C'est un notable des plus respectés !

— Respecté ? répéta en riant le marchand. Certes, mais pas très respectable ! Il paraît que l'assassin du mage était un joueur, un notable influent. L'homme voulait cet ivoire car il pensait qu'avec son aide il gagnerait au jeu...

— C'est stupide ! jeta Sporus en regardant ailleurs.

Mais Sotimus poursuivait :

— Attends la suite... Notre notable a commencé par voler l'ivoire afin que le Chaldéen ne puisse pas l'utiliser contre lui. Ensuite il a frappé le vieux mage jusqu'à ce qu'il lui livre la formule. Pour finir, il l'a tué. Grâce à ses relations, ce très respecté notable a pu quitter Rome sans être inquiété...

Sporus devint blême. À n'en pas douter, Sotimus allait le faire chanter. Oui, il jouait. Oui, il avait tué le mage. Seulement il ne supportait pas que l'on se mette en travers de sa route !

Il lui fallait absolument récupérer l'ivoire de Sekhmet ! Son pouvoir était indiscutable. Chaque fois qu'il l'avait sur lui et qu'il jouait, il gagnait ! La dernière fois, il s'était trompé dans la formule magique et il avait beaucoup perdu...

Beaucoup trop...

Presque tout perdu. Jusqu'à l'argent de ses clients.

Or à présent il connaissait chaque syllabe de la formule, et il lui restait deux mille sesterces. Seulement, sans ivoire de Sekhmet... Il lâcha rageusement :

— Je te donne mille sesterces et pas un de plus.

— J'en veux dix mille ou j'avertis l'édile.

Sporus sentit alors la colère l'envahir, comme quand, ce soir-là à Rome, cette vieille mule de Chaldéen avait refusé de lui livrer la formule. Sans même s'en rendre compte, il chercha à sa ceinture son poignard grec. Le souffle court, le banquier contourna le comptoir :

— Rends-moi mon ivoire, voleur !

Sotimus recula en faisant non de la tête.

Pour Sporus, c'en était trop. Il frappa le marchand, qui s'effondra derrière le comptoir sans un cri, les mains recroquevillées sur son ventre.

— Pourquoi as-tu fais cela ? s'emporta Icarios en attrapant Sporus par les épaules pour le secouer.

— Lâche-moi ! s'écria le banquier avec un regard de dément, ou il pourrait bien t'arriver la même chose !

Comme pour l'en convaincre, Sporus agrippa son secrétaire des deux mains à la gorge et serra. Icarios relâcha aussitôt son maître : il avait encore en mémoire la manière dont celui-ci avait battu le portier lorsqu'il avait découvert qu'on lui avait volé son précieux ivoire. Sporus était devenu comme fou. Il avait saisi le bâton clouté de l'esclave et l'avait frappé, frappé, jusqu'à ce que le Germain s'écroule ! L'autre s'était laissé faire, conscient que, s'il se rebiffait, la mort l'attendait.

Et voilà qu'après le vieux mage, Sporus venait de tuer

Sotimus... Icarios déglutit péniblement. Il ne fallait pas qu'il contrarie son maître. Aussi s'empressa-t-il de dire :

— Nous avions encore besoin de lui. Maintenant, qui va nous dire où est ton amulette ?

— Cherchons-la ! ordonna Sporus, désorienté par cette vérité. Il faut la récupérer !

Mais ils eurent beau chercher, l'ivoire magique resta introuvable.

— Partons, maître, le pressa Icarios. Autant trouver une aiguille dans une botte de foin ! Quelqu'un peut entrer...

Sourd à ces arguments, Sporus se traîna jusqu'à un siège et s'y laissa tomber, au bord du désespoir.

— Que vais-je devenir ? se lamenta-t-il.

— Oh, maître, je comprends ton désarroi, mais ce marchand est mort, tu l'as tué !

— Peu m'importe ce Sotimus ! Il voulait me faire chanter ! Mais l'ivoire magique ! Que vais-je devenir sans l'ivoire magique ? Je vais perdre de nouveau...

Icarios resta la bouche ouverte, incrédule. Sporus était-il devenu fou ? Il avait tué un homme et il se lamentait sur la disparition d'un talisman...

— Tu feras comme avant, maître. Un jour tu perdras, un jour tu gagneras !

Mais Sporus ne l'entendait pas de cette oreille. Il avait quitté Rome pour échapper à la justice et il espérait qu'ici, grâce à l'ivoire magique, il allait gagner une belle fortune... Il comptait plumer tous ces provinciaux, et il voulait rentrer à Rome riche comme Crésus.

Tout cela, c'était la faute de cet esclave, ce Lupus qui lui avait volé l'ivoire de Sekhmet...

— Je te jure qu'il va payer ! enragea Sporus. Je n'aurai de cesse de le chercher... Et quand je l'aurai trouvé...

— Partons vite, maître ! supplia Icarios en aidant Sporus à se lever. Tiens, prends ton Mercure.

Sotimus, le marchand d'art, ouvrit péniblement les yeux. Les deux hommes étaient sortis. Il sentait le froid de l'agonie le gagner. Pourtant, un étrange sourire de satisfaction se peignit sur son visage. L'ivoire magique était toujours là, caché dans la grosse lampe à huile pendue au plafond. Son meurtrier ne l'avait pas trouvé.

La femme de Sotimus, en rentrant du théâtre, s'inquiéta de voir que le volet de bois de la boutique n'était pas fermé. Elle découvrit son époux, souriant, les yeux grands ouverts sur la mort.

9

Les dieux font des caprices...

Lupus, au théâtre, était loin de se douter de la haine que Sporus lui portait. Pour l'heure, les coudes sur les genoux et le visage dans ses mains, il riait.

Comme pour avertir de l'arrivée d'un dieu de l'Olympe, un roulement de tonnerre déchira l'air.

— Il n'y a pas de dieu qui descende du ciel dans cette pièce, s'étonna Apollonius. Qu'est-ce que cette nouvelle mise en scène ?

Effectivement, les spectateurs adoraient les machineries compliquées qui faisaient apparaître dieux, génies ou fantômes... Mais cette fois, c'est le sol qui bougeait ! Cela n'avait rien à voir avec la pièce. D'ailleurs personne ne s'y trompa. Les acteurs détalèrent dès qu'ils virent que les décors s'entrechoquaient !

— Un tremblement de terre !

Un mouvement de panique parcourut l'assistance. Certains partirent en courant vers les sorties. D'autres, habitués aux caprices des dieux, préférèrent attendre. Lupus et ses amis furent de ceux-là.

Quelques secondes plus tard, le calme régnait à nouveau. Puis, contre toute logique, la foule s'en prit aux spectateurs des premiers rangs, aux décurions et aux prêtres.

— La terre a encore bougé ! hurla le voisin de devant à l'édile Sabinus, comme s'il en était responsable. Si on avait élu Cuspius Pansa à ta place nous n'aurions pas ces problèmes !

— Que fait le conseil des décurions pour empêcher cela ? cria un autre. Les dieux sont en colère ! Que font les prêtres ?

L'édile, pour calmer ce début de révolte, leva les bras, réclamant la parole :

— Me prenez-vous pour un envoyé de l'Olympe ? demanda-t-il. Je ne sais pas plus que vous pourquoi la terre tremble ! Je peux vous assurer que les prêtres font tout ce qu'ils peuvent pour calmer les dieux ! Ils multiplient les sacrifices ! Ne vous alarmez pas et reprenez vos places, le spectacle continue !

Les musiciens attaquèrent un air joyeux et les danseuses se mirent à virevolter comme si rien ne s'était passé. Pourtant, dans les gradins clairsemés, la rumeur, insidieuse, se propageait :

— Peut-être que les prêtres ne respectent pas les

rites ? s'inquiétait un voisin de Lupus. On m'a raconté que les taureaux sacrifiés n'étaient pas blancs, mais peints à la craie !

— Il faut des *suovetauriles** ! entendit Lupus. Regardez ! Le flamine de Jupiter est encore ici. Pourquoi ne va-t-il pas au temple implorer le dieu ?

L'esclave, comme tant d'autres spectateurs, avait du mal à se concentrer sur la pièce. D'ailleurs beaucoup partaient, abandonnant leurs places si chèrement défendues.

— Approchons-nous de la scène, proposa Apollonius en se levant. Il y a tant de bruit ici que l'on n'entend plus les acteurs !

Séléné, d'autorité, attrapa Lupus par le bras.

— Viens ! Je vois deux places au premier rang !

En fait, on n'y entendait guère mieux ! Devant, dans les gradins réservés aux décurions, les commentaires allaient aussi bon train. L'édile Sabinus et son adversaire Cuspius Pansa en étaient presque venus aux mains. Les décurions, leurs femmes et leurs amis prenaient bruyamment parti pour l'un ou l'autre camp. Quant au flamine de Jupiter, il braillait en levant les bras en ciel, appelant les dieux à l'aide.

— En voilà assez ! fit un homme dans le dos de Lupus. C'est insupportable. Traiter ainsi un si beau texte de Térence ! Partons.

Lupus pensa que le voisin de derrière avait bien raison. C'était effectivement insupportable. Si Séléné ne l'avait pas agrippé si fort par le bras, lui aussi serait parti.

— Eh bien, Claudia ! s'impatienta l'homme.

Claudia ? Lupus sursauta. Il se retourna d'un bloc. Oui ! c'était bien elle ! La fille de Tyndare était à genoux sur son siège, un coussin à la main.

— Un instant, Ménas, dit-elle, la secousse a été si violente que j'ai perdu une boucle d'oreille ! J'y tiens. C'est père qui me les a offertes...

Elle n'avait pas perdu que sa boucle d'oreille. Sa *palla* mauve traînait par terre et sa *stola* avait glissé de son épaule, dévoilant une partie de sa poitrine. Quant à ses cheveux blonds, ils lui tombaient sur le visage dans un superbe désordre.

Les yeux de Lupus s'attardèrent sur le buste de l'adolescente. Elle ne portait ni tunique ni *strophium** pour soutenir sa poitrine. Elle n'en avait d'ailleurs nul besoin, comme ces matrones aux mamelles tombantes qui voulaient ressembler à des jeunes filles !

Un bout de sein rose pointait...

— Par Vénus... se surprit à soupirer Lupus tout bas.

— Dépêche-toi, Claudia, ordonna l'homme d'un ton sec. Tant pis pour ta boucle ! Ton père me disputera s'il apprend que je t'ai fait courir un risque ! Et rajuste donc ta tenue.

L'homme, maigre et barbu, était vêtu d'un simple manteau marron recouvrant une tunique blanche. Une vraie caricature de philosophe grec. À coup sûr, c'était le pédagogue de Claudia.

D'ailleurs, la jeune fille obéit aussitôt. Elle se leva, remit sa *stola* en ordre et suivit son compagnon.

Mais, là, près de sa *palla* de gaze mauve abandonnée... Un éclair doré frappa l'œil de Lupus ! Il se dégagea du bras de Séléné et sauta sur le gradin de Claudia. La boucle d'oreille ! Il ramassa châle et bijou, puis, sans trop savoir ce qu'il faisait, il enfuit son visage dans le tissu pour respirer l'odeur de la jeune fille.

— La boucle, s'écria-t-il tout à coup en reposant le châle sur le siège, il faut que je la lui rende !

Lupus aperçut Claudia, de dos, qui marchait derrière son pédagogue. Il la rattrapa au moment où ils franchissaient la sortie.

— Claudia ! s'écria-t-il.

Elle se retourna et Lupus resta interdit.

— Ta boucle, parvint-il enfin à articuler en tendant sa main ouverte vers elle.

Curieusement, elle aussi resta sans voix.

— Eh bien, Claudia, la reprit son pédagogue, prends ton bijou et remercie ce jeune homme ! Dépêchons-nous !

— Merci, souffla-t-elle en rougissant.

Elle saisit son anneau dans le creux de la paume de Lupus. L'effleurement de ses doigts lui laissa comme une empreinte de feu. Il ferma les yeux, le souffle court.

Quand il les rouvrit, elle était partie.

Il resta de longues minutes debout à essayer de calmer les battements de son cœur, à essayer d'oublier les cheveux blonds en désordre et la pointe rose de son sein.

Lorsqu'il regagna sa place, il trouva la fine *palla* de gaze de Claudia en charpie. Quelqu'un s'était acharné sur le châle. Après l'avoir déchiré, on l'avait piétiné.

Et Séléné avait disparu.

10

Lupus mène l'enquête

— Comprends-tu ? demanda Apollonius à Lupus. Rien qu'en regardant le costume et le masque du comédien, tu sais quel rôle il joue...

La troupe avait déballé tout son matériel dans leur grande chambre commune de l'auberge. Les paillasses disparaissaient sous les masques et les instruments de musique. Comme chaque matin, les comédiens s'entraînaient, répétant les textes des pièces et essayant de nouvelles mises en scène.

— Je m'en étais rendu compte ! répondit Lupus. Lorsque tu portes le masque de vieillard à grande barbe, tu t'habilles en blanc. Hélios fait le jeune homme avec le masque coloré en brun et une tunique aux couleurs vives. Quand il joue les femmes, Florus porte un

masque clair avec une *stola* jaune pour les entremet-
teuses, pourpre si elle est riche, rouge si elle est
pauvre... Et quand Mucius fait l'esclave, il met une perruque rousse et une tunique courte.

— Exactement ! Et les masques sont grotesques
pour qu'on les voie de loin.

Hélios mit sous le nez de Lupus un masque de tragédie représentant un homme à la bouche ouverte tor-
due vers le bas. Il le retourna et expliqua :

— Tu vois ce petit cône au niveau de la bouche ?
Cela permet d'amplifier la voix. Bien sûr, si nous jouons
dans une maison, nous ne porterons pas forcément des
masques, puisque le spectateur verra notre visage et
pourra saisir tous nos sentiments... Tiens, essaye-le.

Lupus le mit. Cela s'adaptait bien à son visage. Il
ajusta ses yeux en face des trous, et vit Séléné, en
tunique d'homme, qui faisait ses exercices d'assouplis-
sement. Puis il aperçut, dans un coin, Pétronia assise
par terre. Acca, debout derrière la vieille, démêlait ses
longs cheveux blancs avec un peigne en os.

— Donc, reprit Apollonius en saisissant un masque
avec des joues rouges et gonflées, au banquet funéraire
nous jouerons une attelane... Je ferai Bucco, le sot...

Quelques coups secs frappés à la porte l'arrêtèrent.
Un homme en toge entra. Grand, distingué, la quaran-
taine... Les comédiens le reconnurent aussitôt pour
l'avoir vu la veille au théâtre. Tous, à part Pétronia, se
figèrent. Puis Lupus risqua un pas en arrière, pour se

cacher à demi derrière une poutre... Venait-on l'arrêter ?

— Salut à toi, Cnéius Helvius Sabinus, fit poliment Apollonius. Que nous vaut l'honneur de la visite d'un édile dans notre palais ?

Le magistrat se mit à rire, détaillant les paillasses, le fouillis des costumes et la table branlante encore couverte des trognons de pommes de leur *jentaculum,* leur petit déjeuner.

— En fait de palais, répliqua Sabinus, je connais des endroits plus agréables !

L'édile continuait à sourire, c'était bon signe. Il fit quelques pas dans la pièce et déclara :

— Depuis quelques jours, j'entends dire partout que la troupe d'Apollonius est la meilleure de Pompéi... J'ai voulu vous rencontrer. Vous savez que mon rôle d'édile, en plus de m'occuper de l'ordre et de l'approvisionnement de la cité, est d'organiser des spectacles pour distraire le peuple.

Apollonius fit une courbette :

— Je serais très heureux de te présenter ma troupe... Voici Hélios et Séléné, mes enfants.

— Curieux noms ! fit Sabinus.

— Ils sont jumeaux. La sage-femme m'a conseillé d'exposer l'un des deux afin de conjurer le mauvais sort, mais ma défunte femme, Théia, croyait à un signe des dieux... Elle a appelé le garçon Hélios, le Soleil, car il était tout blond, et la fille Séléné, la Lune, car elle était brune.

Mucius et Florus s'avancèrent.

— Mucius est mime et comédien, continua Apollonius. Florus joue les femmes. Voici leur mère, Pétronia. Elle fut, autrefois, un des mimes les plus célèbres de Rome, sous le nom de Divina...

La vieille, assise en tailleur, continua à se balancer en chantonnant. L'édile hocha la tête, comprenant d'un regard :

— Quel malheur ! Dire que je l'ai admirée dans ma jeunesse ! Et qui sont cette délicate personne et ce tragédien ?

Acca, toute rose, vint faire une révérence. Elle se lança dans un pas de danse compliqué que l'édile applaudit de bon cœur.

— C'est Acca, poursuivit Apollonius. Quant au tragédien, il s'agit de... mon élève. Je lui apprends le métier.

Lupus sortit de derrière la poutre. Il souleva son masque à moitié et adressa un salut au magistrat. Apollonius, en acteur consommé, fit diversion. Il déclara rondement :

— Nous jouons de tout : comédie, tragédie, attelane, mime, poésie, chants, danses... Nous faisons même les funérailles ! Nous pouvons te jouer quelque chose si tu le souhaites. Quant à nos prix, ils sont très raisonnables.

L'édile n'eut pas le temps de répondre. Un petit homme grisonnant, un esclave public, poussait la porte, essoufflé d'avoir couru :

— Cnéius Helvius Sabinus ! Il faut que tu viennes !

déclara-t-il. C'est à propos de Sotimus, le marchand d'art, celui qui a été assassiné !

Les comédiens se regardèrent, les yeux ronds. Sotimus, assassiné ? Lupus, par précaution, baissa son masque mais ouvrit grand ses oreilles.

— C'est très étrange, reprit l'esclave public. La lanterne de la boutique penchait bizarrement. Sotimus y avait caché un objet. Un ivoire égyptien... L'édile de Nuceria nous a bien parlé d'un ivoire et d'un petit Mercure qui ont été dérobés à ce banquier ?

— Tu as raison, Pandion ! s'écria Sabinus.

Il se tourna vers les comédiens, invoqua les obligations de son travail, et prit rapidement congé. Par chance, l'esclave public continua à parler d'une voix sonore alors qu'ils s'en allaient :

— La femme de Sotimus dit qu'elle a vu hier un Mercure aux ailes d'or et qu'il a disparu. Quant à cet ivoire, il doit être précieux pour que Sotimus ait pris la peine de le cacher !

— Il faudrait le montrer à Octavius Quartio, le prêtre d'Isis, répondit Sabinus. Il pourrait certainement nous renseigner sur cet objet.

Les deux hommes avaient atteint l'escalier lorsque Lupus entendit l'édile Sabinus ajouter :

— C'est sûrement cet esclave en fuite, ce Lupus, qui a fait le coup ! Il a vendu les objets à Sotimus, puis, craignant d'être découvert, il a voulu les récupérer et l'a tué !

Le jeune esclave, atterré, se laissa tomber sur une

paillasse. Il enleva lentement le masque de tragédie qu'il portait. Dessous, son visage était aussi sombre.

— Me voilà accusé d'un meurtre ! Comme si le vol ne suffisait pas !

— Quelle histoire ! fit Séléné en s'asseyant près de lui. Qui aurait intérêt à tuer Sotimus pour voler un banal petit Mercure ?

— Oui, renchérit Lupus, alors que la plupart des objets de cette boutique valent une fortune... Et pourquoi Sotimus a-t-il caché l'amulette ? Il vous a dit qu'elle n'avait aucune valeur !

— Il nous l'a fait croire ! fit Hélios. Te souviens-tu, Séléné, de l'air étrange qu'il avait en contemplant l'ivoire ?

Sa sœur approuva de la tête.

— Évidemment ! fit Lupus. Pour nous, ce n'était qu'une banale amulette, mais certains collectionneurs payent des sommes folles pour des antiquités égyptiennes ! À Nuceria, notre voisin Pollio collectionne des scarabées sacrés. Mon ami Simius, qui est Égyptien, dit que ces pièces sont très rares. On ne les trouve que dans les vieux tombeaux...

Après quelques instants de silence, Lupus répéta :

— Qui aurait intérêt à tuer Sotimus ?

La vieille Pétronia, les yeux révulsés, se mit à marteler :

— Sporus ! Sporus ! Sporus !

On aurait dit un perroquet, ou plutôt un oiseau de

mauvais augure. Lupus en avait froid dans le dos ! Il comprit tout à coup :

— Sporus n'a pas trouvé l'amulette qui était cachée dans la lanterne, alors il est reparti avec le Mercure...

— Après avoir tué Sotimus ? fit Hélios, incrédule. Tu ne vas pas croire cette vieille folle ! C'est stupide !

Lupus se prit la tête entre les mains. Que devait-il faire ? Il ne pouvait pas fuir de nouveau ! Sa mère et sa sœur étaient à Pompéi, il en était sûr !

Comme si Apollonius avait entendu ses pensées, il déclara :

— Peut être faudrait-il partir ? Si l'édile mène correctement son enquête, il ne tardera pas à découvrir que nous sommes allés chez Sotimus le jour même de notre arrivée...

— Et que nous avions travaillé pour Sporus à Nuceria, renchérit Hélios.

Mais Lupus ne voulait pas partir ! D'un bond, il se leva :

— Je vais tâcher d'en savoir plus.

Étrangement, la boutique de Sotimus était ouverte. S'il n'y avait eu l'édile et l'esclave public en train d'enquêter, on aurait cru à un jour ordinaire.

Lupus entra, cherchant comment extorquer des renseignements au magistrat sans en avoir l'air. Mais il n'avait pas ouvert la bouche que la femme de Sotimus, en pleurs, sortait de l'arrière-boutique. Agénor, le maître de cérémonie des libitinaires, la suivait.

— Mais c'est mon jeune Arrius d'hier ! fit joyeusement Agénor en reconnaissant Lupus. Salut, jeune Arrius !

— Salut ! répondit Lupus.

Au nom d'Arrius, l'édile et l'esclave public quittèrent des yeux le fameux ivoire qu'ils étaient en train d'observer. La *gens* Arria étaient une des plus influentes de Pompéi et le visage du visiteur leur disait vaguement quelque chose...

— Je plaisante, fit Agénor d'un air désolé. Je sais que ce n'est guère le moment. Ce jeune homme est acteur. Hier, il a joué un ancêtre Arrius aux funérailles de Quietus.

— Oui, fit l'édile, maintenant je le reconnais. Tu es l'élève de ce comédien... Apollonius.

Pour l'édile, l'affaire était close. Il s'absorba de nouveau dans l'étude de l'ivoire.

— C'est Pluton qui t'envoie ! dit Agénor en prenant familièrement Lupus par l'épaule. Figure-toi qu'avec la secousse d'hier j'ai six nouveaux morts sur les bras !

Puis il continua plus bas en montrant discrètement l'arrière-boutique :

— Sans parler de Sotimus... Et j'ai ma belle-mère qui est très malade. Mais, celle-là, je serais ravi de l'accompagner à la nécropole... Heu... Bref. Pourriez-vous m'aider, toi et tes collègues ? J'ai absolument besoin de musiciens... Ton prix sera le mien.

Lupus, tout en écoutant le libitinaire, observait

114

l'édile et son esclave. Comment les aborder sans paraître importun ?

— Bien sûr, finit par répondre Lupus d'un air absent à Agénor. Nous sommes à ton service.

Agénor se tourna alors vers l'édile, pour lui lancer :

— As-tu appris que la corporation des musiciens menaçait d'arrêter de travailler ?

— Et pourquoi donc ? s'étonna Sabinus avec inquiétude.

Les corporations étaient puissantes. Que les musiciens refusent de travailler n'avait rien de futile. C'était, au contraire, très grave : aucun rite religieux, aucun sacrifice et aucunes funérailles ne pouvaient se faire sans musique.

— Ils disent qu'ils ont trop de travail ! pesta Agénor. Ils veulent une augmentation ! J'ai tenté d'acheter des esclaves musiciens, mais ils sont si chers que je n'ai pu en avoir qu'un ! Je te laisse imaginer la fureur du peuple quand il apprendra qu'on doit arrêter les services aux temples, faute de musiciens...

Oui, Sabinus imaginait très bien. Pas plus tard qu'hier, au théâtre, il avait été pris à partie par la foule qui voulait davantage de sacrifices afin d'apaiser les dieux ! Impossible de faire des sacrifices sans musique !

L'édile posa l'ivoire sur le comptoir d'un geste sec.

— J'avais bien besoin de cela, soupira-t-il. Un meurtre, les secousses, et maintenant les musiciens ! Le conseil des décurions siège en ce moment au forum, je vais le consulter immédiatement... Pandion, fit-il à l'esclave public, attends-moi et continue de fouiller ! Je reviens et nous irons voir ensemble le prêtre d'Isis.

— Et pour les funérailles ? demanda Agénor en montrant du coin de l'œil l'arrière-boutique où l'on avait mis Sotimus.

— Pas question de funérailles pour l'instant ! fit l'édile sur le pas de la porte. Je veux qu'un chirurgien examine d'abord le corps !

La femme de Sotimus se mit à sangloter. Agénor, en libitinaire accompli, se précipita pour la réconforter. Lupus en profita pour rejoindre l'esclave public derrière le comptoir.

— C'est une sacrée histoire... tenta maladroitement Lupus en guise d'entrée en matière.

Le vigile aux cheveux gris approuva de la tête. Sourcils froncés, il attrapa le registre où le marchand notait ses achats et ses ventes.

— Figure-toi, poursuivit Lupus, que je suis venu ici il y a quelques jours. Notre troupe de comédiens espérait vendre un objet... une coupe. Sotimus n'en a pas voulu.

L'homme leva la tête pour regarder Lupus.

— Aurais-tu remarqué un Mercure aux ailes d'or ? demanda-t-il. Ou une amulette égyptienne ?

Comme Lupus voulait disculper ses amis, il prit le risque de répondre :

— Oui, j'ai vu un Mercure. Petit, haut comme la main...

La femme de Sotimus se leva pour confirmer :

116

— Tu vois ! J'avais raison ! Regarde dans le registre. Le nom de celui qui l'a vendu à mon mari doit y figurer !

L'esclave public approuva, mais quelques instants plus tard, il déchanta :

— Esculape[1] m'en veut ! pesta-t-il. J'ai bientôt cinquante ans et j'y vois de moins en moins de près ! Je n'ai plus les bras assez longs pour lire !

— Veux-tu que je t'aide ? proposa aussitôt Lupus. Je lis et j'écris couramment le grec et le latin.

Le jeune homme prit le registre et commença à étudier les pages. Nulle trace de l'achat des objets, nota-t-il. À croire que Sotimus n'était pas si honnête que cela.

— Je n'y trouve rien, finit par dire Lupus. Aucun Mercure, aucune amulette. Pourtant ce registre est très bien tenu.

— Cela ne m'étonne qu'à moitié, répondit tout bas Pandion, l'esclave public. Tu m'as l'air dégourdi. Viens, j'aimerais que tu m'aides encore.

Ils passèrent dans l'arrière-boutique, une petite remise sans fenêtre. Une grosse lampe à huile jetait une lueur jaune tremblotante. Lupus s'arrêta net. Sotimus était étendu sur la table, un couteau planté dans le thorax. Tout autour, sur des étagères, s'entassaient des objets de toutes origines – grecs, étrusques, égyptiens et même indiens.

---

1. Dieu des médecins dans la mythologie romaine.

— D'ordinaire, reprit l'esclave public, nullement impressionné par le cadavre, nous sommes deux pour enquêter. Mon collègue a été appelé dans une ferme pour une histoire de vol de mouton. Pourrais-tu prendre des notes pour moi ?

Sans attendre la réponse de Lupus, il sortit de la bourse pendue à sa ceinture une tablette de cire et un stylet qu'il lui tendit. Puis il s'approcha de Sotimus.

— Écris ! La victime a reçu un coup de couteau porté au sternum. L'arme est un poignard grec à manche d'os ciselé. Une arme de prix. Elle est enfoncée jusqu'à la garde. La victime n'a pas l'air effrayé...

— Ce qui veut dire qu'il connaissait son assassin ? demanda Lupus mine de rien.

— Tu comprends vite ! lui lança Pandion avec un regard impénétrable. Oui, il connaissait sûrement son assassin. Regarde cet étrange sourire... Et regarde tout ce sang sur sa tunique... Il n'est pas mort sur le coup.

Tandis qu'il prenait les notes, Lupus réfléchissait. Il avait remarqué... Il prit le risque de parler.

— As-tu vu cette série de vases, là sur l'étagère ? Je ne m'y connais pas trop en art... Ils sont bien étrusques ?

L'esclave public leva le nez, intrigué. Il acquiesça.

— Ces vases, reprit Lupus, ne figurent pas sur le registre. Pas plus que cette étrange statuette de divinité orientale à six bras.

Le vigile soupira et répondit :

— Tout à l'heure, je ne voulais pas salir la réputation du mort devant sa femme, mais nous nous doutions bien que Sotimus trafiquait. Il n'était pas très regardant sur la provenance des objets qu'il revendait.

Puis il se plongea à nouveau dans l'examen du corps. Il repoussa la tunique, observant l'arme avec attention. Tout à coup, Pandion releva la tête et regarda Lupus droit dans les yeux :

— Pourquoi es-tu ici ? demanda-t-il.

Lupus devint rouge de confusion, comme pris la main dans le sac à espionner. Mais déjà Pandion poursuivait :

— Pourquoi avoir quitté l'auberge pour nous suivre, l'édile et moi ? Car tu n'es pas là par hasard. Sais-tu quelque chose concernant ce meurtre ?

Lupus, bouche bée, décida de parler, mais le moins possible :

— J'ai entendu l'édile, lorsqu'il disait que l'assassin était cet esclave en fuite qui avait volé le banquier de Nuceria.

L'homme le regardait toujours fixement, attendant la suite.

— Nous étions à Nuceria au moment du vol, avoua Lupus. Nous connaissons Sporus. La troupe a travaillé pour lui et il nous a accusés d'avoir dérobé son vin... Comme Hélios et Séléné sont également passés chez Sotimus, nous avons craint que l'édile ne nous accuse de ce meurtre.

— À présent, fit l'esclave public, je comprends

119

mieux pourquoi tu mets tant de zèle à m'aider ! Tu voulais savoir où en était l'enquête.

Lupus, confus, baissa le nez. Pourtant la chance était trop belle de pouvoir dire ce qu'il avait sur le cœur. Il risqua :

— Tu penses vraiment que cet esclave est l'assassin ?

— C'est sûrement lui, confirma Pandion. Il a dû vendre les objets à Sotimus, puis, de crainte que l'on remonte cette piste jusqu'à lui, il a voulu les reprendre et faire taire le marchand.

Au grand étonnement du vigile, Lupus déclara :

— Je ne suis pas d'accord avec toi. Je te l'ai dit, j'étais à Nuceria. Je sais qu'on a dérobé au banquier deux objets pieux et... cent cinquante mille sesterces. Cet esclave, qu'avait-il besoin de vendre ces deux bricoles au risque de se faire prendre alors qu'il avait tant d'argent ?

Le regard de l'esclave public s'éclaira :

— Je suis ravi de voir que tu as l'esprit vif ! Tu aurais certainement raison... si l'une des deux bricoles, comme tu les appelles, n'avait été cachée dans la lanterne. Et je mettrais ma main à couper qu'elle est très précieuse. Quant au meurtrier, c'est un amateur ! Il est parti en laissant son poignard.

— Justement ! Tu dis que c'est une arme de prix. Comment un simple esclave aurait-il pu en posséder une si belle ?

— Peut être qu'il l'a volée, riposta Pandion. Ou qu'il

120

l'a achetée. Tu l'as dit toi-même, il dispose de cent cinquante mille sesterces.

Lupus ne savait plus que répondre. Il n'était pas coupable ! Mais comment le prouver ?

— Et les témoins ? insista Lupus. Qu'ont-ils vu ?

Le vigile sourit :

— Tu ferais un excellent enquêteur ! Il n'y a pas de témoins. À l'heure du crime, tout le quartier était au théâtre. Quoi que... fit-il tout à coup. J'ai oublié... l'aveugle qui mendie près de l'entrée du forum... Il est aveugle, mais il entend très bien !

Lupus soupira d'aise. Sans le savoir, Pandion venait de lui fournir un alibi ! À l'heure du crime, toute la troupe était au théâtre ! Il avait parlé à Claudia, elle pourrait en témoigner !

— Pandion ! s'écria la voix de l'édile Sabinus depuis l'entrée de la boutique. Prends l'ivoire et dépêche-toi, nous allons chez le prêtre d'Isis !

— Mon patron est de retour, fit le vigile. Il a horreur d'attendre. Merci pour ton aide, jeune Arrius. Ne crains rien, ta troupe de comédiens ne sera pas inquiétée.

Il prit la tablette où Lupus avait inscrit les notes et se dirigea vers la porte. Sur le seuil, Lupus l'arrêta :

— Puis-je te demander un service ? Je cherche la maison d'un affranchi de Rome, un dénommé Tyndare...

— Tyndare ? fit le vigile en se grattant le menton. L'ancien gladiateur ? Je crois que sa maison se trouve... À vrai dire, je n'en sais rien. Je le connais seulement de

121

vue... Passe me voir au forum, nos locaux sont près du conseil des décurions. Je tâcherai de te répondre.

Lupus remercia Pandion. En fait, il n'avait nullement l'intention d'aller dans les locaux des vigiles ! Mais, pour le moment, une seule chose importait : la troupe ne serait pas inquiétée et ils pouvaient rester à Pompéi. Il aurait ainsi tout le temps de retrouver Actis et leur mère.

— Hé ! jeune Arrius ! s'écria Agénor en le voyant quitter la boutique. Je viens avec toi ! Il faut que je parle à ton chef.

Dehors, la cohue habituelle les attendait. Après avoir évité un marchand de beignets, contourné un étalage et manqué se faire écraser par un char, Agénor poursuivit :

— Ouf ! Je suis bien content, Sabinus a convaincu le conseil des décurions d'augmenter les musiciens. Il n'en reste pas moins que j'ai six morts sur les bras et bientôt sept avec ma belle-mère ! Pour elle, il me faudrait plusieurs joueurs de lyre... Elle déteste le son de la lyre !

11

Promenades nocturnes

Lupus, en équilibre, tirait la langue tandis qu'il écrivait avec application en rouge sur le mur de la maison : *La troupe d'Apollonius est la meilleure de...*

Ce n'était pas facile, car il faisait nuit noire. Seule la lanterne que portait Florus au bout d'une longe perche l'éclairait d'un faible halo de lumière.

Hélios, quant à lui, grimaçait de douleur. En effet, c'est lui qu'on avait tiré au sort pour porter Lupus.

— Dépêche-toi ! fit Hélios dont les épaules commençaient à ployer sous le poids de l'esclave.

— Fais attention, je vais tomber ! cria Lupus en se sentant vaciller.

Il s'agrippa en toute hâte aux cheveux d'Hélios et

laissa tomber le gros pinceau et le pot qu'il tenait à la main, éclaboussant son porteur de liquide rouge.

— Eh ! pesta ce dernier. Ma tunique neuve !

— Chut ! s'écria Florus. On va nous repérer ! Le propriétaire de la maison nous fera un scandale s'il découvre que l'on peint des inscriptions sur sa façade. Chut !

— Chut toi-même ! enragea tout haut Hélios. Tu parles plus fort que tout le monde, idiot ! Ma tunique neuve ! Et toi, le barbouilleur, descends tout de suite de mes épaules !

— Florus ! appela Lupus en se cramponnant à Hélios. Le pot ne s'est pas cassé, ramasse-le vite avant qu'il ne se vide ! Il faut que je finisse l'inscription.

Ce qui devait arriver arriva : un volet s'ouvrit au premier étage, puis une voix stridente de femme hurla :

— Caïus ! Des voleurs ! Viens vite !

Le dénommé Caïus se pointa aussitôt.

— Mais, s'indigna-t-il, c'est qu'ils grimpent aux murs ! Pomponia, passe-moi le pot de chambre ! fit-il à sa femme. Ah, cochons de voleurs ! Ils vont voir !

À ce cri, Lupus lâcha les cheveux d'Hélios pour descendre. Mais ses pieds n'avaient pas touché le sol qu'un liquide nauséabond l'arrosait.

— Vite, s'écria Hélios, on s'en va !

Abandonnés, le pot et le pinceau ! Finis, les travaux d'écriture ! Florus souffla la flamme de la lanterne tandis que Lupus et Hélios décampaient en courant !

Ils ne s'arrêtèrent que lorsqu'ils rencontrèrent une de

ces fontaines cubiques qu'on trouvait aux carrefours. Lupus y sauta tout habillé, sandales aux pieds. Il colla ses cheveux sous la tête de lion en pierre qui crachait de l'eau fraîche et se débarrassa en pestant des immondices qui le couvraient.

— On s'est bien amusés ! fit en riant Hélios.

Il s'était assis sur le bord de la fontaine et contemplait au clair de lune sa tunique constellée de taches rouges.

— Ma tunique est fichue, mais on s'est bien amusés ! répéta-t-il dans un éclat de rire. J'avais tort quand je disais que tu ne savais rien faire ! lança-t-il à l'esclave. Tu as de très bonnes idées !

— C'est vrai, renchérit Florus, grâce à toi, en dix jours, nous avons fait deux funérailles, un banquet pour la *portunalia**, la réunion annuelle des boulangers...

— ... Et le départ en retraite d'un centurion ! poursuivit Hélios.

— Mais sa meilleure idée, insista Florus, c'est celle de faire des inscriptions sur les murs...

Lupus, en arrivant à Pompéi, avait été étonné de lire sur les façades des maisons des phrases tracées en rouge ou en noir. Elles avaient trait pour la plupart aux élections des édiles et des duumvirs : *Votez Sabinus il est honnête,* ou encore *La corporation des foulons** recommande de voter pour Proculus et Rufus.* Mais d'autres étaient plus personnelles : *Celadus fait battre le cœur des filles* ou *Va chez Smyrina, tu en auras pour ton argent.*

Aussi, un beau matin, Lupus déclara-t-il aux comédiens :

— Arrêtons de vanter nos mérites en déclamant au coin des rues. Les Pompéiens commencent à nous reconnaître et vont se lasser. J'ai trouvé une autre idée.

Au début, Apollonius n'était pas d'accord. Il craignait les plaintes des propriétaires des maisons. Mais, devant l'insistance des comédiens, il avait demandé à un peintre de leur fabriquer un pot de pigment rouge.

Le mélange n'était pas très ragoûtant ! À de l'eau savonneuse étaient mêlés de la cire, de la chaux, de la craie et, enfin, le fameux cinabre, ce pigment rouge qu'aimaient tant les Romains. En plus, il fallait triturer la mixture régulièrement afin qu'elle reste bien lisse. Mais le jeu en valait la chandelle : ce rouge était superbe.

Plusieurs nuits de suite ils avaient parcouru les rues des beaux quartiers pour chercher les meilleurs emplacements, ceux fraîchement passés à la chaux blanche sur laquelle le pigment prendrait bien. Puis Lupus, le plus doué pour l'écriture, inscrivait en gros : *La troupe d'Apollonius est la meilleure de Pompéi, engagez-la !*

Évidemment, ce n'était pas sans risque. Ce soir, Lupus avait été arrosé d'excréments. Hier, ils étaient tombés sur des lettristes* professionnels qui lorgnaient le même emplacement qu'eux, au nom d'un certain Venustus, candidat aux élections d'édile. Ils avaient manqué se battre.

Lupus, enfin propre, sauta de la fontaine en s'ébrouant.

— C'est vrai qu'on s'est bien amusés ! fit-il joyeusement.

Sa tunique lui collait au corps et il dérapait dans ses sandales mouillées. Mais la nuit était si chaude que Lupus se retrouva presque sec en arrivant à leur logis.

La troupe avaient loué un appartement modeste près du port. Il se trouvait dans une *insula* populaire, sous les toits, au-dessus d'une auberge des plus bruyantes.

Au port, les gens travaillaient dur et vivaient chichement. Dans les petits appartements, la chaleur était telle que l'on préférait rester dans la rue. On oubliait sa pauvreté et sa fatigue dans les *thermopolia*. Tisserands, potiers et marchands de vin se mêlaient aux marins et aux voyageurs venus des quatre coins de l'Empire.

Et, comme si la chaleur et la pauvreté ne suffisaient pas, une fabrique de garum étalait ses cuves... juste en face de l'auberge où la troupe logeait. On y fabriquait non pas de l'*allec,* cette infâme sauce à base d'anchois destinée aux pauvres, mais du vrai, de l'excellent garum, pour les riches de Rome. Le problème, c'est que cette préparation pour les palais fins était faite avec des intestins de maquereaux en putréfaction... L'odeur aurait tué une mouche à cent pas ! En bref, le loyer de leur logis n'était pas cher, mais au moins la troupe d'Apollonius savait pourquoi.

— Ne dites rien à mon père, fit en riant Hélios. Ou il va nous interdire de faire des inscriptions !

— Je m'en garderai bien ! répondit Lupus sur le même ton. On s'amuse trop !

L'auberge était une ancienne maison d'habitation dont l'*atrium* avait été transformé en salle commune. Derrière un long comptoir maçonné se tenait le patron, un affranchi. Son ancien maître, le propriétaire de la maison, lui prenait la moitié de ses gains. Aussi utilisait-il toutes les ficelles possibles pour gagner de l'argent.

Les pièces qui se trouvaient autour de la salle servaient de chambres qu'il louait à des voyageurs. Et comme les logements du quartier ne possédaient pas de cuisine, il servait au comptoir des plats chauds que ses servantes préparaient.

Après un bref bonsoir au patron, Lupus, Hélios et Florus traversèrent la salle. Au fond, une échelle de meunier menait à l'étage. Là, dans une dizaine de pièces minuscules, cohabitaient quelques familles et les inévitables prostituées que l'on trouvait dans tous les ports du monde.

— Nous avons vu Tyndare ! s'écria Séléné dès qu'ils furent entrés dans leur logis.

Lupus se précipita aussitôt vers la jeune fille.

— Ce soir, expliqua-t-elle, nous avons travaillé pour un gros boulanger de la cité, un certain Paquius Proculus. C'était l'anniversaire de sa femme et...

— Je le sais, s'impatienta Lupus. Et ensuite ?

Elle s'approcha de lui et lui planta un gros baiser sur la joue. Cela énerva Lupus, qui la repoussa.

Depuis quelque temps, la jeune fille ne cessait de minauder. Elle l'embrassait et lui passait la main dans les cheveux à tout propos, comme on flatte un chien.

— Où avez-vous vu Tyndare ? insista Lupus avec agacement.

Mais Séléné se contenta de sourire. Elle prit même tout son temps pour aller s'installer sur la banquette de bois branlante qui lui servait de lit.

— Elle pue, cette paillasse, commenta-t-elle sans répondre. Tu parles d'un logement ! Deux pièces pour huit sous les toits ! Le plafond est si bas que j'ai le crâne plein de bosses...

Un Mucius essoufflé poussa alors la porte du logement. Il portait sous son bras Acca, sa minuscule épouse :

— Qu'est-ce qu'il fait chaud ! déclara-t-il en posant Acca par terre. Les voisins font encore brûler du laurier... Comme si cela pouvait couvrir la puanteur du garum !

Acca, sa jeune femme, arrangea sa *stola* rayée rouge et blanc et renchérit :

— Et vous avez vu l'échelle pour grimper ? J'ai les jambes trop courtes pour monter les barreaux ! Vivement qu'on aille vivre ailleurs.

— C'est toujours la même chose, enchaîna Séléné. Les comédiens ont une telle réputation de débauchés que les logeurs hésitent à nous louer des endroits corrects. À croire qu'on va transformer leurs appartements en lupanar !

— Assez ! supplia Lupus. Où avez-vous vu Tyndare ?

— Mais enfin, s'indigna Acca, ses mains potelées posées sur hanches, Séléné ne t'a rien dit ? Tyndare était invité chez Proculus, le boulanger. Il forme un gentil petit couple avec sa femme, et ils ont une flopée de gosses tous plus mignons les uns que les autres... Dis donc, c'est qu'il y avait du beau monde chez eux ! Umbricius Scaurus, le propriétaire de notre fabrique de garum... et aussi...

— L'avez-vous suivi ? la coupa Lupus qui se moquait bien de connaître les noms du gratin de Pompéi ! Savez-vous où il habite ?

— Non, reconnut Mucius. Après le repas, le temps que nous rangions les instruments de musique, Tyndare était déjà parti. Mais un autre convive nous a engagés pour demain, le fameux Valerius Lollius Venustus. J'ai entendu que Tyndare serait de la fête. Tu n'as qu'à venir avec nous ! Il te suffira de le suivre une fois le repas fini.

Lupus, les jambes tremblantes, alla s'asseoir près de Séléné. Elle en profita aussitôt pour lui passer la main dans ses cheveux encore humides. Il était si heureux qu'il ne la repoussa pas.

Il touchait au but. Une fois la demeure de Tyndare découverte, il interrogerait les serviteurs. Il ne lui faudrait guère de temps pour apprendre si sa mère et Actis étaient à Pompéi. Et si elles étaient restées à Rome, il irait les chercher à Rome !

— Vous ne devinerez jamais qui j'ai vu...

C'était la voix d'Apollonius qui prononçait ces mots. La porte s'était ouverte sans que quiconque n'y ait pris garde. Le comédien était chargé d'un plat d'où s'échappait une bonne odeur de saucisses.

— Je sais déjà, Apollonius, répondit Lupus avec un sourire. Tu as vu Tyndare chez le boulanger Proculus.

— C'est vrai, reconnut le chef de la troupe. Mais j'ai une nouvelle bien moins bonne... Sporus est ici.

— Sporus ? s'étonnèrent en chœur les jeunes gens.

Apollonius prit le temps de poser le plat sur la table, puis il expliqua :

— J'étais allé au comptoir de l'auberge acheter de quoi manger. Vous savez que la petite servante blonde a un faible pour moi. Comme le patron avait le dos tourné, elle m'a conduit aux cuisines pour m'offrir des beignets.

— Et alors ? demanda Lupus d'un ton inquiet.

— Alors, reprit le comédien, pour aller aux cuisines, il faut passer devant l'arrière-salle. Celle où l'on joue.

Bien sûr, Lupus n'ignorait pas que l'auberge cachait une salle de jeux. Les bruits de disputes que l'on entendait étaient très éloquents ! On y jouait aux dés et aux osselets et l'on y pariait de grosses sommes, bien que cela soit interdit par la loi en dehors de l'époque des Saturnales[1].

— Sporus jouait, reprit Apollonius. Et pas qu'un peu.

— Pourquoi ici, si loin de chez lui ? s'étonna tout haut Lupus. Il ne manque pas de tripots à Nuceria où l'on peut dépenser son argent.

Hélios, comprenant tout à coup, eut un sourire entendu :

— Tout simplement, expliqua-t-il, parce qu'à Nuceria on le croit ruiné ! Comment pourrait-il parier ? Autant clamer haut et fort qu'il a de l'argent caché !

— ... Ou qu'il a menti en inventant le cambriolage ! termina joyeusement Lupus. Descendons le chercher... Et faisons-le avouer ! Je me ferai même un plaisir de lui donner quelques gifles s'il ne parle pas assez vite !

Apollonius se mit à rire devant tant d'enthousiasme :

— Comme tu y vas ! dit-il au jeune homme. Veux-tu que, en plus du cambriolage, il t'accuse de l'avoir enlevé et frappé ?

— Tu as raison, reconnut Lupus. Avec ce genre d'individu, il faut employer la ruse et trouver des preuves. Descendons à la salle de jeu pour surveiller cet escroc !

---

1. Fêtes en l'honneur du dieu Saturne pendant lesquelles maîtres et esclaves se trouvaient sur un pied d'égalité. C'était l'occasion de nombreuses réjouissances : le maître pouvaient servir ses esclaves et les esclaves jouaient au maître. Durant cette période les jeux d'argent étaient autorisés.

12

Le tripot

Effectivement Sporus était bien là. Le regard sombre, les sourcils froncés, il était en train de secouer un gobelet de bois.

Soudain, il laissa tomber les osselets d'ivoire sur la table et une grimace lui échappa.

— Quatre un ! s'esclaffa son adversaire, un homme trapu portant une longue tunique orientale. La figure du Chien[1] ! La pire ! Tu n'as vraiment pas de chance !

À son accent, c'était un Syrien ou un Égyptien.

---

1. Au jeu de Tali, ou osselets, on comptait le total des points sur les faces des osselets. Lorsqu'un joueur avait 1, 3, 4, 6, il gagnait avec le meilleur des combinaisons, la figure de Vénus. La figure des Vautours (4 osselets semblables, l'équivalent de notre carré aux cartes) était mauvaise. La pire des Vautours se nommait « le Chien ». Elle se composait de quatre « 1 ».

L'homme tira à lui le tas de deniers posé sur la table. Puis il donna l'argent à un serviteur placé debout derrière lui, qui le mit aussitôt dans sa bourse. Le rythme de la respiration de Sporus s'était accéléré et la sueur perlait à son front. Il détestait perdre ! Il ferma les yeux, et pensa à sa précieuse amulette... S'il l'avait eue, il aurait gagné, bien sûr ! « Maudit soit ce Lupus ! Que les génies des Enfers l'emportent ! Que les chiens lui mangent le foie ! Que... »

— Je n'ai pas dit mon dernier mot ! lança le banquier en reprenant le gobelet.

À tout hasard, il récita la formule sacrée de l'ivoire. Bien sûr, il ne possédait plus l'amulette, mais peut-être que la formule seule était efficace ? Puis il leva le gobelet.

Son adversaire plaça son mouchoir parfumé sous son nez et ricana :

— Arrête donc ! Je t'ai raflé plus de deux cents deniers, soit près de mille sesterces ! Tu n'as pas de chance, je te dis !

— Il m'en reste encore vingt, répondit Sporus. Je vais gagner cette fois-ci !

Apollonius, Hélios et Lupus s'étaient assis dos au banquier, de façon à ne pas en être vus. Ils avaient déposé de l'argent sur la table et se mirent à jouer afin de ne pas éveiller l'attention.

Par chance, la pièce n'était éclairée que par quelques misérables lampes à huile. L'endroit avait dû être agréable autrefois. Aujourd'hui, des fresques et des guirlandes de fleurs à demi effacées se distinguaient à peine sur les murs noircis par la fumée. Les tables en bois grossier se touchaient, tant elles étaient serrées. Sans parler de l'odeur de graillon qui s'échappait des cuisines !

Cela n'incommodait nullement les joueurs, qui, avec acharnement, lançaient dés et osselets, insultaient souvent les dieux et réclamaient à boire !

À la table d'à côté, Lupus, qui tournait le dos au banquier, entendit l'ivoire des osselets claquer de nouveau sur le bois.

— La figure de Vénus ! s'écria joyeusement Sporus. J'ai gagné !

Il récita de nouveau la formule magique. Hélas, au coup suivant la chance tourna. Il perdit tout.

— Prête-moi cent sesterces, demanda-t-il à son adversaire d'un ton suppliant. Je suis riche et honorablement connu, je te rembourserai !

L'autre accepta. Il fit un geste et son serviteur placé debout derrière lui compta les pièces. Une heure plus tard, Sporus, désemparé, devait mille cinq cents sesterces.

— Je veux mon argent dans une heure, fit l'Oriental.

— Tu es fou ! s'indigna aussitôt Sporus d'une voix chancelante. Je ne vis pas ici ! Je suis invité à Pompéi chez mon grand ami, le sénateur Sextus Horatius Maximus...

— Tu as intérêt à me rembourser, le coupa l'homme,

ou je pourrais bien déclarer publiquement que le banquier Sporus ne paie pas ses dettes !

— Comment sais-tu mon nom ? s'étonna Sporus, tout à coup plein de crainte.

— Je le sais. Le mien est Otanès. Je viens d'Antioche, en Syrie. Moi aussi, je suis riche et honorablement connu. Apprends que si j'aime à jouer dans ce genre d'endroit, je ne le fais jamais sans me renseigner auparavant sur mes adversaires.

Le Syrien porta d'un geste élégant son mouchoir parfumé sous son nez. Puis, après un long silence, il poursuivit :

— Je te laisse jusqu'à demain. Tu vas me signer une reconnaissance de dettes. Demain, tu seras aux thermes à la neuvième heure. Tu me donneras mon argent et je te rendrai ton document.

Tandis que le serviteur d'Otanès inscrivait sur une tablette de cire le montant de la dette, une troisième voix, froide et sèche, se fit entendre.

— Viens, maître, quittons cet endroit sordide. Je te reconduis chez Maximus. Quant à toi, Otanès, ne t'inquiète pas, nous serons au rendez-vous.

À la table d'à côté, le gobelet à dés de Lupus resta suspendu en l'air. L'homme qui venait d'arriver ne lui était pas inconnu.

— Icarios ! souffla-t-il.

Apollonius et Hélios avaient également reconnu le secrétaire du banquier. Les comédiens, s'appuyant sur un coude, tentèrent tant bien que mal de cacher leurs visages afin de ne pas être reconnus.

Le tabouret de Sporus grinça sur le sol. Le secrétaire aida son maître à se lever puis ils partirent, le banquier appuyé au bras de l'esclave.

— J'étais si occupé à écouter Sporus, déclara Apollonius, que je n'ai vu arriver Icarios qu'au dernier moment. J'espère qu'il ne nous a pas reconnus.

— Nous voulions une preuve, fit joyeusement Lupus, nous allons en avoir une ! La reconnaissance de dettes que Sporus a marquée de son sceau montrera qu'il perd de grosses sommes. Jouer est interdit par la loi ! Alors, un banquier qui joue, cela ne peut pas être honnête !

— Comment vas-tu t'y prendre pour récupérer ta preuve ? demanda Hélios.

— Rien de plus simple ! Je serai aux thermes demain. J'attendrai que Sporus paie ses dettes au Syrien et je lui prendrai la tablette dans les vestiaires avant qu'il n'en sorte.

— Je t'accompagne ! proposa Hélios.

— Tout est bien qui finit bien ! lança Apollonius en se levant. Eh bien, les enfants, je vous quitte... j'ai... heu... rendez-vous... heu... avec Mustela, la servante blonde... Je vais la remercier pour les beignets !

Hélios se leva à son tour. Il empocha la monnaie sur la table et déclara :

— Moi aussi, je sors me distraire !

Aucun des trois amis ne remarqua qu'Icarios, le

secrétaire, avait fait demi-tour. Son visage, à peine visible dans la fumée noirâtre qui sortait des cuisines, avait un air fantomatique. Il grimaça un sourire satisfait en observant Lupus : son maître allait enfin être content, songea-t-il avant de disparaître de nouveau.

13

Piège aux thermes

La cloche tinta, annonçant l'ouverture des thermes réservés aux hommes. Un « ha ! » impatient retentit parmi la foule qui attendait. Il faisait chaud, en ce mois d'août, et tous rêvaient d'une bonne toilette suivie d'un plongeon dans le bassin d'eau fraîche, le *frigidarium* !

Une fois son quart d'as payé[1], on se précipitait pour entrer dans l'établissement de bains, quitte à bousculer son voisin pour arriver plus vite aux vestiaires.

— Vivement qu'ils ouvrent les nouveaux thermes ! s'indigna un vieillard qui venait de se faire doubler par

---

1. Un quart d'as était une somme très modeste. Cela permettait aux plus pauvres de rester propres.

un grand costaud. Depuis dix-sept ans, c'est tous les jours pareil !

— Si tu n'es pas content, rigola l'autre, tu n'as qu'à aller chez Julia Félix, il paraît qu'elle loue les bains de sa maison. Tu y seras à l'aise pour faire trempette !

Pompéi comptait de nombreux établissements de bains, mais quelques-uns seulement restaient ouverts depuis le terrible tremblement de terre qui avait frappé la ville. Car, s'il était facile de reconstruire des murs, ce l'était beaucoup moins de réparer les canalisations souterraines qui amenaient l'eau.

Après avoir joué des coudes, Lupus et Hélios atteignirent l'*apodyterium,* la salle qui servait de vestiaires.

— Restons ici, proposa Lupus. Nous pourrons facilement les voir quand ils arriveront.

De nombreux baigneurs se déshabillaient. Après avoir déposé leurs vêtements dans les casiers délimités par des sculptures, ils se dirigeaient vers les pièces chaudes. D'autres, vêtus d'une courte tunique, partaient s'entraîner à la palestre, le terrain de sport en plein air.

— Qu'attendez-vous ? demanda sèchement une voix dans leurs dos. Il vous manque quelque chose ? de l'huile ? du linge ? des strigiles ? Vous pouvez acheter tout cela à l'entrée.

Hélios et Lupus se retournèrent. L'homme était immense, taillé pour la lutte. Sans doute s'agissait-il d'un gardien des thermes. Il y avait régulièrement des vols dans les vestiaires et l'homme devait trouver étrange qu'ils mettent autant de temps à se déshabiller.

— Nous attendons un ami, expliqua Lupus avec un sourire qu'il espérait naturel.

Le gardien hocha la tête sans pour autant les quitter des yeux. Devant tant d'insistance, les deux garçons commencèrent à enlever lentement leurs vêtements et l'homme partit enfin.

— Voilà Otanès ! souffla Lupus.

Le Syrien marchait d'un pas nonchalant. Il devait être riche, car il était suivi de cinq serviteurs, portant linges de toilette, huiles parfumées, siège pliant et panier de pique-nique.

— Vite ! fit Lupus en s'enroulant dans sa serviette.

Otanès se fit enlever sa longue tunique. Un esclave lui ôta ses sandales, un autre lui tendit une serviette de tissu moelleux. Puis il se dirigea avec trois de ses serviteurs vers la pièce tiède, le *tepidarium** pour s'accoutumer à la chaleur, puis vers le bain de vapeur, le *caldarium.* Grâce à un système très ingénieux, de la vapeur chauffait le sol et passait dans des briques creuses logées dans les murs.

Au *caldarium,* le Syrien prit des altères et commença à faire des exercices pour activer sa transpiration. Il s'aspergea avec l'eau fraîche du *labrum**, puis il s'assit au milieu des baigneurs.

La pièce était sombre malgré ses murs décorés en jaune. Seules quatre petites ouvertures au sommet du plafond laissaient filtrer un peu de lumière.

Un œil sur la porte, Hélios et Lupus patientèrent, le corps dégoulinant de sueur.

— Par la forge de Vulcain ! pesta Hélios. Va-t-il rester ici encore longtemps ? Je cuis !

Enfin, l'un des esclaves d'Otanès eut la bonne idée de dire :

— Tu as assez transpiré, maître. Viens te rincer.

Otanès chaussa ses socques de bois, afin de ne pas se brûler les pieds sur les dalles bouillantes. Puis il alla au fond de la pièce se plonger dans le bassin d'eau chaude.

— Ouf ! soupira Lupus. Espérons que, maintenant, il ne va pas passer trois heures à se faire pomponner !

Le Syrien revint alors au *tepidarium* pour se faire huiler. Il s'installa sur une table de massage, et un serviteur commença à le frotter avec un strigile d'ivoire afin de débarrasser sa peau de la fine couche de graisse, de sueur et de crasse.

Le racloir passait et repassait, arrachant des plaintes au Syrien. Le serviteur, avec application, retirait crasse et huile qu'il essuyait ensuite sur une serviette.

— Aïe ! enragea Otanès. Tu veux ma mort ? Maladroit ! Tu m'as arraché la peau des fesses !

À vrai dire, il n'était pas le seul à crier. Ceux qui n'avaient pas de serviteurs pour les frotter, les masser ou les épiler utilisaient les esclaves des thermes. Et certains n'avaient pas la main légère !

Mais les citoyens non plus. À la table voisine, un grand gaillard se mit à brailler :

— Crétin ! Voilà quatre fois je te dis de me masser plus fort ! Je paie pour être massé, pas pour être caressé ! Si je voulais être caressé, j'irais dans un lupanar !

— Je vais recommencer, répondit l'esclave.

Ce dernier, plus tout jeune, était maigre et voûté. De grands cernes noirs sous ses yeux indiquaient qu'il était malade. D'ailleurs une quinte de toux le plia en deux.

Le grand gaillard se releva aussitôt de la table pour crier :

— Voilà qu'il me crache dessus !

Il repoussa violemment le masseur, qui tomba contre le petit chariot de bois où l'on entassait les serviettes sales.

Certains baigneurs se mirent à rire, ravis de cette distraction. Lupus, quant à lui, sentait la moutarde lui monter au nez. Cette violence gratuite contre un homme faible le révoltait.

— Saleté d'esclave ! hurla le costaud de plus belle.

Il s'approcha de l'homme à terre et commença à le bourrer de coups de pied.

Lupus se leva aussitôt pour repousser le client en colère.

— De quoi te mêles-tu, jeune coq ? s'écria le colosse.

— Ne vois-tu pas qu'il est malade, répliqua Lupus. Arrête de t'acharner sur lui et trouve un autre masseur !

Fort heureusement un citoyen approuva :

— Ce jeune homme a raison ! Nous sommes aux thermes, pas aux jeux !

— Si tu as besoin de frapper quelqu'un, plaisanta un autre baigneur, rentre chez toi et bats ta femme ! Mais laisse-nous nous reposer en paix !

Le costaud, vexé d'être contredit, s'enroula dans sa serviette et sortit d'un air digne.

— Merci, souffla l'homme malade au jeune homme.

— Ça va aller ? demanda Lupus en l'aidant à se relever.

Le masseur eut un geste de recul. Sans doute n'était-il pas habitué à tant de compassion. Il se dégagea doucement et répondit :

— Ne t'inquiète pas pour moi, je ne suis qu'un esclave...

Lupus sentit sa gorge se serrer.

— Je sais, répondit-il, je suis comme toi, je vaux plus qu'un chien, mais quand même moins qu'un cheval...

— Hé ! fit tout à coup Hélios dans son dos, il s'en va.

En effet, *il* – Otanès –, enfin propre, se levait, aidé par ses serviteurs. Son masseur lui mit une dernière touche d'une huile aux senteurs délicates, puis il rangea les précieux flacons de verre emplis de parfums dans une boîte de bois sculpté.

Otanès, à pas lents, se dirigea ensuite vers le *frigidarium,* le bassin froid. Lupus et Hélios ne demandèrent pas leur reste, ils plongèrent aussitôt !

Ils étaient une dizaine à s'ébrouer dans le bassin rond, s'arrosant comme des enfants ou barbotant en savourant cet instant de bien-être.

Hélas, le Syrien venait à peine de s'asseoir au bord de la piscine qu'il se relevait déjà en rajustant son pagne.

— Où va-t-il encore ? se plaignit Lupus.

— Il sort ! On dirait qu'il va vers la palestre, répondit Hélios. Vite, attrape ta serviette et viens !

Sur le terrain de sport en plein air, des jeunes gens jouaient à la balle. D'autres, le corps nu enduit d'huile et de sable, se mesuraient à la lutte tandis que des promeneurs les encourageaient.

On profitait aussi de la palestre pour traiter ses affaires. Les notables venaient s'y faire voir, entourés de leur cour de « clients ». On quémandait quelques faveurs à son « patron » et on commentait les derniers potins du forum.

Le Syrien, lui, s'était assis à l'ombre. Un esclave lui faisait la lecture, tandis qu'un autre sortait d'un panier d'osier de quoi se restaurer.

— Attention ! souffla Lupus d'une voix sourde. Voilà Sporus !

Le banquier avait l'air inquiet. Il tenait à deux mains la serviette qui l'enveloppait, sans parvenir à cacher une cascade de bourrelets flasques. Les sourcils froncés, il parcourait la palestre des yeux, cherchant son homme.

— Regarde, poursuivit Lupus, il a amené Icarios. Icarios est resté habillé. C'est lui qui doit avoir l'argent...

Le secrétaire se tenait près de Sporus, sec, droit et fier, comme à son ordinaire. Derrière eux se traînait un vieil esclave squelettique qui portait le nécessaire de toilette.

Sporus eut un temps d'arrêt lorsque son regard croisa celui de son vainqueur aux osselets. Il fit signe à Icarios de le laisser et, après un soupir, il avança de nouveau, uniquement suivi du vieux serviteur.

Hélios et Lupus se mêlèrent alors aux badauds pour s'approcher au plus près du groupe du Syrien. Otanès, confortablement assis dans son fauteuil pliant, sirotait une coupe de vin miellé. Il demanda sans préambule :

— As-tu mon argent ?

— Naturellement, répondit Sporus d'un ton agacé.

Les yeux d'Hélios et de Lupus étaient fixés sur le banquier. Il se retourna vers le vieil esclave pour se saisir de son sac de toilette.

— Voilà, dit-il en sortant un rouleau du sac. Quinze *aurei,* qui font mille cinq cents sesterces.

Le Syrien ne prit pas la peine de compter. Il fit signe à un serviteur qui vint empocher les pièces d'or. En échange, Sporus reçut la tablette de cire où il reconnut son sceau. Il lâcha un soupir de soulagement. Ce document à lui seul pouvait ruiner sa carrière.

— Où est Icarios ? s'inquiéta tout à coup Lupus.

Le secrétaire avait disparu.

— Peu importe, répondit Hélios. Ta reconnaissance de dettes est là, dans les mains de Sporus. Regardons bien où il la range.

— Arrêtez-le ! hurla une voix. C'est lui ! Attrapez-le !

Comme tous les hommes sur la palestre, Lupus se

retourna. Ses cheveux se dressèrent sur la tête. Celui qui aboyait ainsi n'était autre qu'Icarios. Il était accompagné de trois vigiles, trapus comme des charrettes, sûrement aussi forts que des bœufs. Et le secrétaire pointait le jeune homme du doigt.

— Esclave en fuite ! Voleur !

C'était un piège ! Icarios les avait sûrement reconnus la veille au tripot ! Se doutant que Lupus se rendrait aux thermes et, trop heureux de mettre la main sur son coupable idéal, Sporus avait envoyé Icarios dénoncer l'esclave aux gardes !

Lupus regarda en tout sens ! Où fuir ? Les murs de la palestre étaient bien trop hauts pour être escaladés et les vigiles se trouvaient entre la porte et lui !

— File ! ordonna Hélios. Je les occupe !

Hélios, comme pris de folie soudaine, partit en gesticulant vers les gardes. Les bras en l'air il se lança dans une danse digne d'une bacchante* ivre ! Lupus ne resta pas pour voir leur stupeur, il en profita pour courir.

Il zigzaguait entre les groupes de baigneurs, qui tentaient de l'arrêter. Par chance, sa peau était encore mouillée et il glissait comme une anguille !

La porte de la palestre n'était qu'à dix pas ! Il bouscula de l'épaule un gros homme qui protesta. Un autre l'agrippa, mais seule la serviette de Lupus lui resta dans les mains. Plus que trois pas ! Il fonça tête baissée, et renversa deux hommes qui bouchaient l'entrée.

— Arrêtez-le ! Arrêtez-le ! hurlait toujours la voix d'Icarios. Esclave en fuite ! Voleur !

À présent, Lupus courait nu. Il réfléchissait à la vitesse de l'éclair. Que fallait-il faire ? Sortir des thermes tout nu ? Il n'irait pas loin ! Il obliqua vers les vestiaires. Tout en courant, il arracha sa serviette à un baigneur pour s'en couvrir, mais une grimace lui échappa lorsqu'il aperçut la porte du bain de vapeur.

— Flûte ! Flûte ! Flûte ! enragea-t-il.

Il était pris ! En entrant dans les vestiaires, il n'avait pas réalisé qu'il courait vers un vrai piège, un cul-de-sac ! Après le *tepidarium,* il y avait le *caldarium* et on ne sortait du *caldarium* qu'en revenant dans le *tepidarium* !

— Arrêtez-le ! Voleur !

Lupus se retourna. Les trois vigiles arrivaient ! Il ferma les yeux, le souffle court, cherchant désespérément comment se sortir de ce piège. Il n'avait pas la tablette de Sporus. S'il était pris, sans preuve, c'est le supplice de la croix qui l'attendait !

— Le *caldarium,* réfléchit-il. J'entre dans le bain de vapeur, ils me suivent, je les bouscule et je ressors...

Mais à peine en avait-il franchi l'entrée qu'un bras le happait au passage.

— Chut ! souffla une voix dans la pénombre.

Le premier instant de stupeur passé, Lupus reconnut le masseur malade. L'homme le poussa derrière son chariot de linge sale et sans un bruit, attrapa une brassée de linge qu'il fit mine de plier.

Par chance, les baigneurs assis là, à moitié somnolents à cause de la chaleur, n'avaient rien vu, la vapeur rendant l'air presque opaque.

Les trois énormes vigiles arrivèrent au pas de charge dans le *caldarium*.

— Votre voleur, il vient de sortir avec une serviette sur la tête ! dit-il aux trois hommes en leur montrant la porte des vestiaires.

La ruse était énorme et Lupus, agenouillé derrière le chariot sur le sol brûlant, pria tous les dieux qu'il connaissait pour qu'elle marche. Et elle marcha ! Le masseur vint le chercher et lui souffla :

— Reste caché et suis-moi.

Il poussa son chariot le long du mur, protégeant Lupus qui marchait derrière, accroupi. L'homme sortit à pas lents des pièces chaudes, puis il longea le vestiaire, s'engagea dans un étroit couloir, et s'arrêta devant une tenture.

Derrière se trouvait une pièce étroite. Une fois le rideau refermé, le masseur se tourna vers Lupus.

— Je vais te faire sortir, expliqua l'homme. Toutes les entrées sont gardées par les vigiles. J'ignore ce que tu as volé...

— Je n'ai rien volé ! s'écria Lupus d'un ton indigné. C'est vrai, je suis un esclave en fuite... mais pas un voleur !

— Peu importe, répliqua l'homme. Je vais t'aider comme tu m'as aidé. Nous nous trouvons près du *prae-furnium**, juste à côté de l'entrée de l'*hypocauste**. Ici, c'est un local réservé au service. Nous y gardons le linge propre. À côté, il y a une cour qui donne directement sur la rue.

Lupus lâcha un soupir de soulagement.

— J'ignore ton nom, fit le jeune homme, mais je te remercie... mon frère.

L'esclave partit d'un grand rire.

— Je me nomme Joseph. Je viens de Jérusalem, en Judée. Notre empereur Titus m'a ramené dans ses bagages, après avoir rasé ma ville et détruit notre temple...

Joseph fouilla dans un coffre de bois. Il en sortit un paquet de vêtements, puis il déclara :

— Prends cette tunique et ces sandales, je t'en fais cadeau. Échappe-toi, mon frère, et prie pour que je trouve le courage de m'échapper un jour à mon tour !

14

Sur la piste de Tyndare

La tunique le serrait, les sandales étaient trop grandes, mais cela n'empêcha pas Lupus de courir à perdre haleine. Il traversa le forum en zigzaguant entre les échoppes. Pas assez habilement toutefois, car il fit s'écrouler une artistique pyramide de pêches et de figues. Puis, sautant à grandes enjambées par-dessus des couffins de pois chiches et de lentilles, il manqua s'étaler au milieu d'un étalage de poteries ! Autant dire que cela braillait dans son sillage...

— Maladroit ! Bon à rien !

Mieux valait courir au centre de l'esplanade. Mais là encore, il bouscula des promeneurs en toge blanche, et dut s'excuser à chaque foulée de son manque d'éducation.

À peine prit-il le temps d'adresser à Jupiter une prière de remerciement lorsqu'il passa devant son temple ! Bien sûr, il n'avait pas la tablette de Sporus, mais au moins était-il libre.

Il arriva à bout de souffle à leur logis pour trouver les comédiens rassemblés sur le trottoir avec leurs affaires.

— Tu as réussi à t'enfuir ! s'écria Séléné en venant se jeter dans ses bras.

Il la repoussa en riant, un peu gêné de tant de marques d'affection. C'est alors qu'il aperçut Hélios.

— Que t'ont-ils fait ? demanda Lupus avec angoisse.

Le jeune comédien arborait un œil au beurre noir du plus bel effet, assorti d'une lèvre violette et tuméfiée.

— Rien de grave ! plaisanta Hélios. Les gardes n'avaient aucun sens artistique, ils n'ont pas aimé ma danse. Mais comme ils ne pouvaient rien me reprocher, il a bien fallu qu'ils me relâchent !

— Qu'arrive-t-il donc ? fit Lupus en voyant Apollonius et Mucius entasser les costumes dans leur carriole.

— Nous déménageons, lança Acca avec bonne humeur. Dire que je commençais presque à m'habituer à l'odeur de poisson pourri de la fabrique de garum d'en face !

Elle portait un ballot de linge aussi gros qu'elle, que Mucius attrapa et jeta dans la voiture. Apollonius expliqua :

— Sporus sait sûrement que nous logeons ici. La garde urbaine va nous tomber dessus sans tarder ! Il vaut mieux partir. Je connais une auberge au pied des remparts, près du château d'eau. Nous y trouverons bien une paillasse à nous partager et une étable pour notre mulet.

— Mais... votre engagement ? demanda Lupus. Je devais aller avec vous. Je devais suivre Tyndare...

— Ne t'inquiète pas, fit Séléné en riant. Dès que nos affaires seront déménagées, nous irons chez Venustus.

Elle se pendit à son cou et lui passa la main dans les cheveux dans un geste affectueux.

— Arrête donc de me tripoter ! souffla Lupus en la repoussant. Tu te conduis comme une...

Il ne finit pas sa phrase, se rendant compte combien ces mots pouvaient être désobligeants. Effectivement, Séléné le prit mal. Elle cacha ses mains derrière son dos, comme prise en faute et le regarda avec tristesse.

— Excuse-moi, dit-elle.

Il ne lui fallut que quelques instants pour retrouver le sourire, mais c'était un sourire forcé de mauvaise comédienne.

Hélios regarda sa sœur avec surprise, puis son père, qui avait également suivi la scène, avant de hausser les épaules. Depuis ses treize ans, Séléné avait un amoureux dans chaque ville qu'ils traversaient. Cependant, Lupus était bien le premier à résister à ses charmes...

La voix de la vieille Pétronia mit un terme à cette scène :

— On s'en va ? demanda-t-elle d'un air ravi en sortant dans la rue. Je vous le dis, ici, ils vont tous mourir !

Hélios eut un soupir agacé, tandis que Mucius et Florus aidaient leur mère à monter dans la carriole. Puis il prit les rênes du mulet et fit avancer l'attelage.

— Oui, ricana Hélios, ils vont tous mourir... Tous asphyxiés à cause des odeurs de poisson pourri...

Pétronia continua pourtant d'une voix sourde :

— C'est ici la ville de Vénus, mais elle ne fera rien. Rien !

— Arrête donc, pauvre folle ! ordonna tout à coup Apollonius. Tu vas nous porter malheur !

La vieille Pétronia se tassa, épaules basses, et le reste de la troupe éclata de rire. Mais les quolibets ne l'empêchèrent pas de continuer tout bas, comme dans une plainte :

— Méfie-toi des prophéties de Cassandre... Je suis comme elle... Jamais on ne me croit... Mais tu as tort... Tort.

Valerius Lollius n'avait pas volé son surnom de *Venustus,* l'« élégant ». C'était un bel homme grisonnant, on ne peut plus aimable. Le repas qu'il offrait cet après-midi-là à ses amis et à ses « clients » était à son image, raffiné et de bon goût.

Venustus y mettait un point d'honneur : n'était-il pas un des personnages les plus en vue de la cité ? De plus, il espérait bien se faire élire édile l'année prochaine. Il n'hésitait pas, pour cela, à organiser de nombreuses fêtes et à distribuer nourriture et cadeaux au peuple.

Après cette pièce de théâtre qui s'était si mal terminée, il envisageait d'offrir des jeux dès la fin du mois. Il avait déjà engagé six paires de gladiateurs parmi les meilleurs, qui s'entraînaient d'arrache-pied à la caserne.

— J'attends huit lions et un éléphant qui vont arriver d'Afrique par bateau, expliqua-t-il au grand Caïus Plinius Secundus Major, son invité d'honneur.

Plinius* était préfet de la flotte romaine à Misena[1]. Ce titre, à lui seul, lui valait le respect de ses concitoyens. Mais il était aussi connu comme un grand savant amateur de belles lettres.

— Je n'aime pas voir mourir les éléphants, expliqua Plinius. Ils ont quelque chose... d'humain dans le regard.

— Mon éléphant m'a coûté trop cher pour que je le fasse tuer ! se défendit aussitôt Venustus. J'ai prévu d'abord une chasse aux lions classique opposant des gladiateurs aux fauves, et ensuite je compte reconstituer la bataille de Zama*...

— Une bataille avec un seul éléphant ? s'étonna Plinius.

Mais Venustus continuait, plein d'entrain :

— L'édile Sabinus a une dizaine de prisonniers à faire exécuter. Nous les vêtirons en Carthaginois et mes gladiateurs, en Romains, s'en occuperont...

---

1. Aujourd'hui Misena s'appelle Misène.

Plinius fit la moue. Il ne voyait aucun intérêt à un combat entre des gladiateurs professionnels et des condamnés à mort sans expérience... Mais le préfet était bien élevé, aussi préféra-t-il détourner la conversation :

— On m'a dit que tu voulais payer l'entrée des thermes pour trois mois, afin que les pauvres puissent se laver gratuitement. Cela t'attirera sûrement de nombreuses voix.

— Je l'espère. Les élections n'ont lieu qu'en mars, mais on ne s'y prend jamais assez tôt ! Néanmoins, je ne peux m'empêcher d'être inquiet... La pièce de théâtre que j'ai fait donner a été interrompue par un tremblement de terre... Je ne voudrais pas que les dieux soient contre moi... Qu'en penses-tu ?

Plinius eut un sourire. Le savant qui dormait au fond de lui répondit aussitôt :

— Je pense que les dieux n'ont rien à voir là-dedans. Il s'agit de phénomènes naturels. Un jour, je le prouverai.

Venustus n'en était pas convaincu. En bon Romain, il honora les dieux comme il le faisait avant chaque repas, puis il prit son invité par le bras pour le conduire à la place d'honneur.

Son grand *triclinium** s'ouvrait sur un magnifique jardin. La pièce ne comptait pas moins de trois ensembles de trois *triclinia,* des lits à trois places, recouverts de velours cramoisi.

Vingt-sept convives couchés partageaient ce repas,

ainsi que les enfants de la maison et quelques esclaves de prix, assis sur des banquettes.

Entre chaque plat, Venustus avait prévu, pour plaire au préfet, des lectures, de la musique et quelques scènes de théâtre.

Apollonius, accompagné de sa harpe, récita des poèmes de Virgile qui tirèrent des larmes même aux plus goinfres des invités. Puis Mucius et Florus mimèrent des passages de l'Odyssée. Ensuite Hélios, son visage tuméfié caché par un masque de tragédie, déclama en grec des extraits d'*Œdipe roi* de Sophocle. Quant à Séléné et Acca, elles se taillèrent un beau succès en chantant et en jouant de la flûte.

À vrai dire, Lupus ne vit rien du spectacle. Il s'était placé dans le jardin, à l'abri des regards, derrière le socle d'une statue d'Hercule.

Ses yeux étaient fixés sur Tyndare, allongé entre une matrone dodue portant une perruque blonde et un homme de belle prestance.

Bien sûr, Tyndare n'était pas placé dans le *triclinium* d'honneur, car les invités de noble naissance auraient pu s'offusquer de partager leur repas avec un affranchi !

Cela ne vexait en rien Tyndare. Il mangeait de bon appétit cailles et loirs rôtis, tétines de truie et concombres au miel que des esclaves lui présentaient sur des plats posés sur une petite table. Sourire aux lèvres, il discutait avec ses voisins de la façon la plus courtoise. Pourtant, le repas était à peine terminé que

157

Tyndare se leva et alla s'incliner devant le maître de maison pour s'excuser :

— Tu m'as fait un grand honneur en m'invitant, dit-il à Venustus. Mais je dois quitter ta maison. Comme tu le sais, mon épouse est souffrante et je n'aime pas la laisser seule.

— Je comprends, et je ne t'en veux pas, répondit Venustus. Souhaite meilleure santé à ton épouse de ma part. Je vais t'envoyer mon médecin, le meilleur de la cité. Il sait les secrets des plantes et des potions comme s'il était Esculape en personne !

Tyndare s'empressa de le remercier, n'osant dire que les plus grands médecins de Rome avait déjà soigné sa femme, sans résultat.

— Veux-tu emporter quelques restes dans ta serviette ? proposa Venustus.

C'était une ancienne et délicate tradition. Tyndare s'inclina de nouveau :

— Je t'en remercie. Ainsi mon épouse et mes enfants pourront goûter l'excellente cuisine de ta maison. Et merci aussi pour ton spectacle de qualité.

Le préfet Plinius, allongé près de Venustus, approuva aussitôt :

— Tyndare a raison. Moi aussi, j'ai pris grand plaisir à entendre tes comédiens. Aujourd'hui, hélas ! on nous abreuve plutôt de chants paillards et de danses lascives. À croire qu'un bon dîner ne peut se faire sans ivrognerie ni pitreries grotesques !

Tyndare ne put s'empêcher de sourire. Le préfet exagérait. Les Romains qui transformaient leurs dîners en orgies jusqu'à l'aube n'étaient pas si nombreux que cela. Fort heureusement, il en restait beaucoup pour apprécier la bonne chère accompagnée d'une agréable discussion, d'un peu de musique et de poésie.

L'ancien gladiateur prit la serviette qu'un esclave lui tendait. Connaissant le maître de maison, Tyndare supposa qu'elle devait être emplie des mets les plus délicats.

Ensuite, il sortit. Dehors l'attendait une grande litière fermée par des tentures. Il y monta et ordonna : « À la maison ! »

Les porteurs, des Nubiens aux tuniques rouges et aux muscles impressionnants, se mirent en route, précédés par un crieur portant une torche qui leur ouvrait le chemin.

La nuit tombait. Personne, dans la rue encombrée, ne fit attention au jeune homme qui les suivait.

15

La jeune fille du jardin

Tyndare sauta de sa litière. La porte de sa demeure s'entrouvrit et se referma. Puis la litière repartit. Elle disparut presque aussitôt dans la petite ruelle qui faisait l'angle de l'*insula*.

Lupus s'appuya contre le mur à côté d'un autel dédié aux lares des carrefours. Bouche ouverte, il observait avidement la maison de Tyndare. La porte à double battant, ornée d'un fronton triangulaire, se trouvait coincée entre la boutique d'un orfèvre et celle d'un marchand de tissus.

Au-dessus, le premier étage semblait occupé par des appartements cossus que l'ancien gladiateur louait sans doute à quelque fonctionnaire aisé.

Lupus observa ensuite les balcons de bois, y cherchant malgré tout un visage familier. Non, il n'y avait qu'une femme, assise derrière la balustrade, en train d'écosser des fèves.

« Qu'est-ce que j'espérais ? songea le jeune homme, que la porte serait ouverte et que je pourrais voir ma mère et ma sœur ? »

Il n'avait plus qu'à partir. Il reviendrait demain pour surveiller l'entrée. Avec un peu de chance, l'une ou l'autre finirait bien par sortir...

— T'as pas un as ? fit une voix avinée.

Un vagabond titubant venait d'aborder Lupus, main tendue.

— Si t'as pas un as, dégage ! ordonna l'homme. C'est mon coin. C'est là que je dors et que je gagne ma vie !

Un rien agressif, il montra le petit autel orné d'un serpent ondulant. Ce devait être un bon endroit pour mendier.

Lupus s'empressa de sortir une pièce de monnaie et de céder la place. L'autre, ravi, empocha l'argent, avant de s'effondrer sur le trottoir avec un soupir d'aise.

— Puisque c'est ton coin, demanda Lupus en s'accroupissant près de l'homme, tu dois connaître ceux qui habitent dans la maison en face ?

Le mendiant fit un rot guère discret. Il puait le vin et la crasse. Il se gratta rageusement sous un bras et répondit :

— Bien sûr ! C'est des riches affranchis de Rome. Des généreux ! Chaque fois qu'ils viennent, lui, elle, et même les enfants, ils me donnent toujours un petit quelque chose !

— Et les esclaves ? le pressa Lupus. Connais-tu une jeune fille brune très belle d'environ quatorze ans et une femme nommée Daphné ?

— Les esclaves ? répéta l'homme avant de se gratter de nouveau. C'est qu'il y en a une tripotée ! dix ou vingt ! Des jeunes, des vieilles... Des qui travaillent à la cuisine, des qui sont femmes de chambre, des qui...

Lupus soupira. Le mendiant était ivre, il n'en obtiendrait rien.

— ... s'occupent du jardin, poursuivait l'homme en comptant sur ses doigts. Et puis des qui font le ménage...

Lupus arrêta la litanie du mendiant et chercha une nouvelle pièce qu'il lui remit avant de se lever. Mais l'autre l'agrippa par sa tunique pour lui lancer :

— C'est la faute des esclaves, si j'en suis là ! Ils viennent prendre not' travail, à nous, les ingénus* ! Avant j'étais boulanger ! Mon patron a acheté deux Gaulois et un Ibère et il a jeté dehors tous les employés ! Pourquoi payer des ouvriers quand les esclaves travaillent pour rien ? Hein ?

Lupus, mal à l'aise, se dégagea. Mais l'homme n'en avait pas fini. Du menton, il montra la maison de Tyndare :

— Quand tu penses qu'en face, ils ont deux Grecques rien que pour couper les fleurs et en faire des bouquets !

Les jambes de Lupus flageolèrent. Il s'accroupit de nouveau pour demander d'une voix tremblante :

— Deux Grecques ?

— Deux, confirma le mendiant en ricanant. L'entrée n'a l'air de rien, mais c'est une des plus grandes maisons de Pompéi. Quand tu penses que, moi, un homme libre, je mendie, pendant que les esclaves en face mangent à leur faim ! Dans la ruelle, là, il y a une cour où se trouvent leurs dortoirs. J'y suis allé une fois. Un jour Tyndare, le maître, y m'a dit : « Fœtidus[1], tu pues trop. » Il m'a emmené dans les bains des esclaves... T'imagine, les esclaves ont des bains ! Oui, mon cher ! Et ils dorment dans des lits... Et moi, je dors dehors. Dehors...

Puis l'homme, comme épuisé par ces confidences, sombra dans le silence. Mais Lupus en avait assez entendu. Deux Grecques travaillaient au jardin ! Il se rappela qu'autrefois sa mère était connue pour avoir la « main verte ». C'était sûrement elles !

Qu'avait dit Fœtidus, le mendiant, dans son délire ? Les esclaves logeaient dans la ruelle...

— Évidemment ! fit Lupus, à voix haute, tout joyeux. La litière est partie par là ! Il y a forcément une autre entrée !

Lupus, de nouveau plein d'espoir, s'enfila dans la ruelle. Dans la pénombre, il suivit la maison sur plus de

---

1. Le crasseux, le puant.

deux cents pas. Le bâtiment se poursuivait ensuite par un mur haut de dix pieds. Et entre les deux...

— Une porte ! murmura Lupus. J'avais raison. Mais elle est fermée. Et derrière ce mur, c'est sûrement un jardin... Elles travaillent au jardin !

L'envie d'y jeter un œil, rien qu'un instant, le démangeait.

— Voilà ce qu'il me faut, fit-il tout excité.

Il venait de découvrir un échafaudage de maçons. À cet endroit, le mur était fissuré. Le sol avait souvent tremblé ces derniers jours, provoquant bien des dégâts dans la cité. Les maçons avaient gratté le plâtre et quelques pierres taillées neuves s'entassaient dans le caniveau.

La ruelle était déserte. Lupus se dépêcha d'escalader l'échafaudage pour glisser un œil.

« C'est bien le jardin ! » se dit-il, émerveillé.

Il s'installa à califourchon sur le haut du mur et observa. Le mendiant avait raison, la maison était immense. L'*atrium* se trouvait non loin de la rue et un premier jardin, ceint d'un péristyle*, lui faisait suite. Puis venait un grand parc.

À sa gauche, il discernait la fameuse entrée de service qui s'ouvrait sur une cour entourée de petits bâtiments. La litière de Tyndare trônait au beau milieu. Lupus suivit des yeux quelques serviteurs qui s'activaient à la lueur des torches. Hélas, il n'y avait que des hommes ! Quant au grand jardin, il était vide.

« Tu as assez rêvé, mon pauvre Lupus ! se dit en soupirant le jeune homme. Elles n'ont rien à faire dans le jardin de leur maître à cette heure ! Il faut que je parte... »

Mais la tentation était trop forte. Au lieu de s'en aller, il se laissa glisser le long du mur et atterrit dans une plate-bande. Puis il resta accroupi au beau milieu d'un bosquet de sauge.

« Encore quelques instants, songea-t-il contre toute logique. Peut être vont-elles sortir ? »

Il ne pouvait empêcher ses jambes de trembler. Et si elles sortaient ? Que dirait sa mère en le voyant ? Et Actis ? Six ans avaient passé ! Elle devait avoir tellement changé ! Les larmes lui montèrent aux yeux.

La maison, au fond du grand jardin, se découpait dans l'obscurité. Quelques lumières se distinguaient au travers du péristyle. Il y avait sûrement du monde dans l'*atrium*.

Puis son attention se porta de nouveau sur le parc. Une élégante colonnade blanche l'entourait sur deux côtés. Lupus distinguait des statues entre les arbres ainsi qu'une haute pergola de bois couverte de verdure, au bout d'un grand bassin et adossée au mur.

Bien entendu Actis et sa mère n'apparurent pas.

« Je reviendrai demain », finit par se dire Lupus.

Il se leva et se dirigea à pas de loup vers la pergola.

« Je vais y grimper pour enjamber le mur et je me laisserai glisser dans la ruelle. »

Sans faire de bruit, il secoua les montants de bois pour en tester la solidité. La pergola faisait comme une grotte de verdure et on y entendait le bruit cristallin d'une fontaine. Dans l'obscurité, Lupus put apercevoir qu'elle abritait deux bancs de pierre. En fermant les yeux, il imagina Actis, ici, avec sa jeune maîtresse, la jolie Claudia, assises à l'ombre. Peut-être que sa sœur était sa confidente, comme dans les comédies ? En tout cas, Lupus était sûr que Claudia était une bonne maîtresse et qu'elle ne pouvait pas faire de mal à Actis.

— Hé, toi ! fit tout à coup une petite voix venant de nulle part.

Lupus sursauta. Il était pourtant seul !

— Hep ! reprit la voix.

Cela bougea dans la pergola, au-dessus de la tête de Lupus. Pendant un instant, pris d'une crainte superstitieuse, le jeune homme crut qu'un génie de la nature lui parlait. D'ailleurs, ce qui ressemblait à une jambe minuscule chaussée d'une sandale venait de lui effleurer le nez ! Un spectre ? Ou peut-être un faune ? Non, les faunes avaient des pieds fourchus de chèvres ! Malgré sa crainte, Lupus attrapa la jambe et tira.

— Aïe ! fit le petit être.

La seconde suivante, un démon haut comme deux pommes lui tombait sur la tête, manquant l'assommer.

À y regarder de plus près, ce n'était ni un spectre ni un génie, mais un enfant tout petit d'à peine quatre ou cinq ans.

— Que fais-tu ici tout seul ? demanda Lupus en l'aidant à se relever.

— Z'étais avec Rufus, zézaya l'enfant.

— Tu es avec un camarade ? s'étonna Lupus.

— Mais non ! se mit à rire l'enfant. Rufus, c'est mon chat. Il a grimpé là-haut.

Du bout du doigt, il montra le sommet de la pergola.

— Un chat ? répéta Lupus. Qu'est-ce que c'est, ça, un chat ?

— Une bête qu'un ami à mon papa il a ramenée de très très loin... D'Ézipe.

— Une bête d'Égypte ? traduisit Lupus avec inquiétude.

Le petit approuva en souriant. Là, dans la pénombre, Lupus aperçut soudain un curieux animal qui ressemblait à une petite lionne, perchée sur une branche. La bête ne devait pas être bien dangereuse, puisqu'elle était en liberté[1].

Puis Lupus observa l'enfant. Il était vêtu d'une tunique de fin tissu à galon brodé. Ce n'était pas un enfant d'esclave.

— Hé ! fit le petit en le prenant par la main pour attirer son attention, faut pas le dire à Claudia que ze suis sorti... C'est interdit.

Lupus dressa une oreille, soudain intéressé.

— Tu connais Claudia ? lâcha-t-il, mine de rien.

— Bien sûr ! C'est ma sœur ! Et toi ? Comment tu t'appelles ? Tu travailles au jardin ?

— Non. Je ne travaille pas ici. En fait, je cherche

---

1. Le chat était encore inconnu en Europe occidentale. Dans les fouilles de Pompéi, à ce jour, on n'en a découvert qu'un... Prions pour que ce ne soit pas Rufus !

quelqu'un... Peut-être la connais-tu ? Elle s'appelle Actis.

L'enfant partit d'un grand rire.

— Ben sûr que ze connais Actis ! C'est...

— Claudius ! appela une voix de fille d'un ton inquiet.

L'enfant fit la grimace, avant d'expliquer :

— C'est Claudia !

— Claudius, où es-tu ? Ce n'est pas drôle !

Cette fois-ci, la voix avait une franche note de colère.

— Z'te l'avais dit, soupira l'enfant, qu'elle zerait pas contente...

La silhouette de Claudia apparut. Effectivement, la jeune fille avançait d'un pas décidé qui ne présageait rien de bon. Lupus n'eut que le temps de se cacher dans la pergola avant qu'elle ne se poste, bras croisés, devant le petit Claudius médusé.

— Tu exagères ! fit-elle d'un ton sec. Ta maman est malade, et tu en profites pour t'échapper avec ce... cet animal ! Cette pauvre Cornélia a retourné toute la maison pour te trouver ! Tu veux rendre folle la nourrice ? Tu n'as pas le droit d'aller tout seul dans le grand jardin ! Tu le sais bien ! C'est dangereux. Tu pourrais tomber à l'eau !

Claudius eut une moue boudeuse, puis il répondit sans se démonter :

— D'abord, z'étais pas tout seul ! z'étais avec...

— Rufus, je sais, le coupa Claudia qui avait déjà

entendu cette explication maintes et maintes fois. Mais ton chat ne compte pas.

— Non, insista l'enfant, z'étais avec… lui.

Avant que Lupus ait pu faire un geste, le petit Claudius le prenait par le bras pour le tirer hors de la pergola. Claudia eut un hoquet de stupeur. D'un bond, elle attrapa Claudius qu'elle plaça derrière elle.

— Qui es-tu ? Ne touche pas à mon petit frère ! cria-t-elle farouchement avant de poursuivre à voix basse :

— Ou… j'appelle… à l'aide…

Elle venait de le reconnaître ! Lupus en était sûr !

— Jamais je ne ferais de mal à un enfant, se défendit aussitôt le jeune homme. Je l'ai trouvé perché et…

Il ne savait plus que dire, les mots lui manquaient. L'océan bleuté des yeux de Claudia venait de l'engloutir. Dans ce rayon de lune, Claudia était belle à tomber, belle à chanter, belle à crier !

— Elle, c'est Claudia ! déclara doctement le bout de chou en se dégageant des mains de sa sœur. Moi, c'est Claudius. On s'appelle comme mon papa.

Mais Lupus n'écoutait pas son babillage. Il regardait Claudia et Claudia le regardait.

— Mon papa, poursuivit fièrement le petit, y s'appelle Nero Claudius Tyndare…

Voyant qu'il n'avait aucun succès, Claudius secoua la main de son nouvel ami :

— Hé, tu m'écoutes ? En vrai, mon papa, on l'appelle juste Tyndare. Et mon autre sœur, elle z'appelle pas Claudia. Za zerait pas commode d'avoir deux Claudia à la maison. Elle, elle z'appelle...

— Claudius, tais-toi... soupira Claudia.

Ses yeux ne lâchaient pas ceux de Lupus, qui sourit.

— C'est toi qui m'as rendu ma boucle d'oreille au théâtre, lui dit-elle enfin. Que fais-tu ici ?

— Je voulais... bredouilla Lupus. Je cherchais à... Puis-je te dire sans t'offenser que tu es très belle ?

Lupus se mordit aussitôt les lèvres. Que lui prenait-il de parler si librement ? Mais Claudia laissa échapper un petit rire, avant de cacher son visage dans ses mains. Elle avait le feu aux joues. Bien sûr, elle se savait jolie, mais cet inconnu, si beau lui aussi, était le premier à le lui dire.

— Merci, finit-elle par répondre avec un regard si lumineux et si sincère que Lupus manqua en tomber à la renverse.

Mais elle se ressaisit aussitôt :

— Il faut que tu partes à présent. Si les gardiens te prennent, tu recevras des coups de bâton et j'aurai des ennuis. Mon père ne veut pas que je fréquente des inconnus.

— Ne t'inquiète pas, je m'en vais. Au revoir.

Il marcha à reculons jusqu'au montant de bois de la pergola. Quelques secondes plus tard il avait sauté le mur.

Claudia le regarda faire sans bouger. Ce jeune homme lui laissait une impression indéfinissable. Il semblait... solide... rassurant.

171

— Comment un inconnu peut-il être rassurant ? se demanda-t-elle tout bas. Mais, est-ce vraiment un inconnu ?

Elle ne chercha pas à trouver de réponses à ces paradoxes car Claudius entreprenait maintenant d'escalader la pergola. Claudia l'attrapa par un pan de sa tunique pour le faire redescendre.

— Viens ici, l'acrobate ! Tu dois aller au lit.

— Clôôôdius !!! s'égosilla une voix poussive de femme, à bout de souffle. Garnement, gare à tes fesses, je vais prendre le fouet ! Claudiuuus !!! Je vais te donner à manger à la lamie ! Clôôôdius !!!

Une forme cubique, aussi haute que large, se profila entre deux statues. La nourrice portait une *stola* rouge qui n'aurait pas déplu à un taureau. L'enfant se mit à rire.

— Tu devrais avoir honte ! fit Claudia en réprimant un sourire. Cette pauvre Cornélia te cherche depuis des heures !

— Eh ! Le chat ! s'écria Claudius en tentant un demi-tour vers la pergola.

Mais Claudia fut la plus rapide.

— Rufus retrouvera le chemin tout seul ! dit-elle. Viens, allons dire bonsoir à ta maman avec Actis et Cornélia. Tu verras papa demain. Il est occupé...

La jeune fille tout à coup se figea, le nez en l'air.

— Eh, Claudia, demanda le bambin, pourquoi tu souris ?

— Pour rien, fit-elle joyeusement.

Là, en haut du mur, se distinguait une ombre. Le jeune homme aux cheveux bruns était revenu !

Il l'observait. Le cœur de Claudia s'emballa dans sa poitrine. Sans trop savoir pourquoi, elle repartit vers la maison en chantonnant.

*
* *

Le gros Marcus Sporus regarda d'un air narquois la belle bibliothèque de Tyndare. C'était une pièce superbe. Les murs étaient ornés de peintures rappelant les bords du Nil : souples roseaux, fleurs colorées, barques aux voiles blanches sur une eau limpide, hippopotames, oiseaux... Tout cela avait été peint par un artiste de talent.

Puis son regard se posa sur le lit de repos en ébène incrusté de nacre. Il devait y faire bon lire près de la fenêtre.

Avec un rien de jalousie, Sporus observa ensuite les rouleaux dans leurs étuis, soigneusement étiquetés. Ils s'alignaient sur les étagères d'une armoire grande ouverte. Tous ces ouvrages valaient une petite fortune ! À coup sûr, Tyndare s'était fabriqué un décor de riche patricien pour épater ses invités !

Le gros banquier alla s'asseoir dans un fauteuil en rotin. À côté, un jeu de *latroncules** en ivoire était posé sur une table basse. Il demanda, pince sans rire, en montrant la bibliothèque :

173

— Tu sais donc lire ?

— Que crois-tu ? répliqua sèchement l'ancien gladiateur. Que parce que j'ai des muscles je ne possède pas de cervelle ? Je sais me servir des premiers et de cette dernière, sans quoi je n'aurais pas survécu dans l'arène ! J'ai lu tous les ouvrages qui sont ici et bien d'autres encore. Et, ne t'en déplaise, je suis aussi un bon joueur de latroncules ! Mais je ne t'ai pas fait venir pour parler de mes distractions... Je t'ai confié une mission et tu as des comptes à me rendre.

Sporus s'en voulut aussitôt d'avoir vexé l'ancien gladiateur, d'autant qu'il ne possédait plus un sesterce et qu'il espérait bien lui soutirer un peu d'argent. Il sourit d'un air désolé et expliqua :

— Je suis venu dès ton appel... Hélas, malgré tous mes efforts, je n'ai pas trouvé ce jeune Grec, ce Dionysos que tu recherches.

Tyndare eut un mouvement d'énervement qui fit sursauter Sporus :

— Pourtant, reprit l'affranchi avec colère, quand je t'en ai parlé voilà trois mois, tu m'as promis que tu le retrouverais sans peine ! Tu disais que se serait un jeu d'enfant !

— J'avais tort, reconnut Sporus. La chose est plus difficile qu'il n'y paraît. D'ailleurs, que me reproches-tu ? De ne pas y être parvenu en trois mois alors que toi, tu le recherches depuis cinq ans sans résultat... ?

Tyndare vint se placer devant Sporus, mains sur les

hanches. Ses yeux lançaient des éclairs. Il poursuivit sèchement :

— Depuis que je suis en affaire avec toi, je n'ai que des problèmes ! D'abord, il y a cet argent que je t'avais confié. Tu l'as placé en dépit du bon sens, et il ne me rapporte rien ! Ensuite, c'est ta maison qui est cambriolée, alors que, à t'entendre, elle était aussi sûre que le palais de Titus César ! Maintenant tu me dis qu'il t'est difficile de trouver ce Dionysos ! Tu te moques de moi ?

Sporus rentra la tête dans les épaules et expliqua d'un air servile :

— Crois-moi, je ne ménage pas ma peine. Nous savons déjà qu'il est dans la région, sans doute esclave dans un grand domaine. Mais pour en savoir davantage, il me faudrait plus de sesterces...

Sporus glissa un coup d'œil à Tyndare. L'ancien gladiateur semblait réfléchir, les yeux rivés au sol. Il releva la tête et dit en soupirant :

— Il faut qu'on le retrouve. Tu sais que mon épouse est malade. Et je marie ma fille dans trois jours. Le lendemain nous rentrerons à Rome.

— Pourquoi tant de hâte ? s'étonna Sporus.

Tyndare cogna du poing sur la table, puis il répondit :

— Dois-je t'expliquer ce que tout le monde sait ? Depuis que Vespasien* est mort, les choses vont mal à Rome. Comme tout le monde, je crains que son fils Titus ne devienne un tyran...

— Je suis au courant, se rengorgea Sporus. Je reçois

chaque jour des lettres d'amis inquiets pour leur fortune ou pour leur famille... On dit que le prince Domitien, le frère de Titus, est jaloux et qu'il y a des règlements de comptes dans l'air... Pourquoi ne repousses-tu pas le mariage de ta fille ? Rentre donc à Rome pour surveiller tes biens.

Cela aurait franchement arrangé les affaires de Sporus que l'affranchi s'en aille ! Mais Tyndare répliqua :

— Impossible, le mariage de ma fille est décidé depuis les calendes de mars. Les prêtres ont calculé le jour le plus favorable. Il aura lieu dans trois jours... Il faut que tu retrouves ce Dionysos tout de suite !

— Donne-moi mille sesterces, tenta Sporus. Un de mes esclaves a une piste à Herculanum. Mais je dois payer l'archiviste du Sénat pour qu'il fasse des recherches dans ses registres.

— Je vais te les donner, soupira Tyndare. Sais-tu où en est l'enquête de l'édile de Nuceria à propos du cambriolage ? demanda-t-il tout à coup.

— Nulle part. Trebius est un incapable ! s'emporta Sporus. Mais moi, je sais où se cache notre voleur ! ajouta-t-il avec un rictus mauvais. Lupus est à Pompéi !

— À Pompéi ? répéta Tyndare.

— Ne t'inquiète pas. Nous allons le prendre, fit en ricanant le banquier. Je lui trancherai la gorge moi-même avec le plus grand des plaisirs !

Tyndare le regarda, sourcils froncés :

— Il n'est pas question que tu le tues ! Je veux qu'il me rende mon argent !

Sporus serra les dents. Puis il déclara d'un ton conciliant :

— À mon avis, il a déjà tout dépensé. Mais si cela peut te tranquilliser, je promets de le livrer à la justice. Dans quelques jours, les jeux reprennent. Tu le verras sur la croix, entre un combat de gladiateurs et une chasse au lion !

— Cet esclave n'a pas pu dépenser cent cinquante mille sesterces en quinze jours ! insista pourtant Tyndare. Amène-le-moi, je le ferai parler.

Le banquier réprima une grimace de dépit. Il aurait mieux fait de se taire et de ramener la dépouille de Lupus à Tyndare. Ainsi, l'enquête aurait été close. Mais tout n'était pas perdu. Il lui venait une excellente idée... À la vitesse de l'éclair, il mit son plan sur pied.

— C'est entendu, fit Sporus en se levant, si je l'attrape, je te l'amènerai. Puis-je te demander une faveur ? Je protège une troupe de comédiens... Pourrais-tu les engager pour les noces de ta fille ? Cela les aiderait beaucoup.

Tyndare parut surpris. Il imaginait mal Sporus aidant des artistes. Il s'excusa :

— J'ai déjà embauché des musiciens et des jongleurs.

Sporus paraissait si déçu que Tyndare proposa en soupirant :

— Entendu. Tu leur diras de venir.

— Non, répliqua aussitôt le banquier d'un air modeste, je préférerais que tu les engages toi-même. Ils étaient aujourd'hui chez Venustus. Envoie donc un serviteur chez lui pour demander leur adresse... Je ne veux pas qu'ils sachent que je suis intervenu en leur faveur...

— C'est tout à ton honneur. Je vais envoyer mon intendant.

Un magnifique sourire vint aux lèvres du banquier. À coup sûr, Lupus viendrait avec les comédiens le jour des noces. Sporus calculait déjà comment se débarrasser définitivement de l'esclave. Il suffirait de quelques hommes de main glissés parmi les serviteurs... et le tour serait joué !

Lupus mourrait dans la maison même du gladiateur... Ainsi, Tyndare ne pourrait plus l'interroger et, mieux, il porterait seul la responsabilité de cette vengeance. Quant à lui, le pauvre banquier volé, il rentrerait chez lui en pleurant sur les économies perdues à jamais de ses clients !

— Viens, ordonna Tyndare, allons dans mon *tablinum,* je vais te donner ces mille sesterces.

— Lupus a pris mon ivoire, fit entre ses dents Sporus sans que Tyndare ne l'entende, mais moi j'aurai sa peau...

16

De bonnes nouvelles

Lupus rentra à l'*hospitium* la tête pleine d'étoiles. Cette nuit-là, il ne dormit guère. Des images heureuses de son enfance lui revenaient.

Actis et lui jouaient à la balle dans le jardin de la maison de Rhodes. La maison donnait sur la mer. Une mer bleue comme les yeux de Claudia.

Porphyre, leur esclave, lui apprenait à lire. Qu'il était gentil, ce vieux Porphyre ! Il trouvait toujours une friandise à leur offrir ! Une fois, c'était une belle galette encore chaude couverte de miel... une autre, une poignée de figues ou de raisins secs !

Lupus revoyait sa mère peignant ses longs cheveux noirs. Il enfouissait son nez dans son cou, là, sous ses lourdes boucles d'oreilles en argent. Cela sentait bon la

179

rose et le jasmin. Elle l'embrassait en le chatouillant ! Et son père... Son père l'emmenait voir les oliviers. Ah ! la récolte des olives... Le pressoir qui tournait, actionné par des ânes. L'huile, à la fois verte et or, qui coulait dans un pot en terre, précieux liquide faisant la richesse de sa famille...

— Un jour, tout cela sera à toi, disait souvent le père au fils.

Lupus se réveilla en sursaut. Hélios le secouait.

— Debout, feignant ! C'est la troisième heure du jour !

Lupus cligna des yeux, étonné de se retrouver dans cette grande chambre aux portes de Pompéi.

La vieille Pétronia était assise en tailleur près de lui. Elle se balançait d'avant en arrière et chuchotait des mots sans suite. Mais, pour une fois, elle avait l'air serein.

— Hélios, dit aussitôt Lupus sans plus faire attention à la vieille, Actis et ma mère sont bien dans la maison de Tyndare ! Elles travaillent au jardin !

Il s'assit et chercha par terre sa tunique, qu'il avait ôté dans la nuit avant de se coucher, et ajouta :

— Il faut que je trouve un moyen pour entrer chez Tyndare !

Le nez collé à son miroir de cuivre poli, Séléné achevait de se maquiller. À l'aide d'un bâtonnet de bois qu'elle trempait dans un pot minuscule, elle traçait un long trait noir sur le bord de sa paupière déjà maquillée de bleu. Elle fredonnait, contente du résultat. Voilà bien longtemps que Lupus ne l'avait vu si gaie !

— Moi aussi, fit le bel Hélios, j'ai deux bonnes nouvelles. Hier, avant de partir de chez Venustus, mon père a laissé notre nouvelle adresse à l'intendant...

— C'est dangereux ! s'inquiéta Lupus qui venait enfin de découvrir sa tunique sous le lit. Sporus ne tardera pas à retrouver notre piste !

— Nous le savons bien. Mais comment veux-tu que nous travaillions si personne ne sait où nous embaucher ?

Évidemment, Hélios avait raison. La troupe ne pouvait vivre éternellement cachée à cause de lui ! Lupus enfila sa tunique et déclara :

— Je vais vous quitter, ainsi vous pourrez travailler sans crainte. Je compte faire fuir Actis et ma mère. Ensuite, nous rentrerons à Rhodes. Ma famille y possède une maison, des oliviers et un commerce. Le frère de mon père doit sûrement s'en occuper.

Un sourire se dessina sur ses lèvres. Claudia... Et s'il proposait à Claudia de fuir avec eux ? D'abandonner sa grosse brute de père pour partir à Rhodes ? Il y avait là-bas tout ce qu'il fallait pour rendre une femme heureuse !

Il soupira. Non, inutile de se faire des illusions, Claudia ne fuirait jamais avec un inconnu.

Hélios mit un terme à ses réflexions :

— Je t'ai dit que j'avais deux bonnes nouvelles : la

première est que Tyndare nous a engagés. Ainsi, il te suffira d'entrer chez lui avec nous !

Lupus lança un cri de joie qui fit sursauter la vieille Pétronia. Elle s'agita un instant avant de sombrer de nouveau dans son monde imaginaire.

Séléné s'approcha avec un grand sourire :

— Tu ne devineras jamais pourquoi Tyndare nous engage, lança-t-elle. Il marie sa fille après-demain. Tu sais, ta jolie Claudia !

Les épaules de Lupus s'affaissèrent d'un coup. À voir son air ravi, Séléné l'avait fait exprès. Claudia mariée ? Il ne savait pourquoi, mais la chose lui était intolérable ! Cette nuit, il s'était passé quelque chose entre eux, il en était certain. Il l'aimait. Cette découverte lui coupa le souffle. Mais elle ? Comment avait-elle pu le regarder avec ses yeux-là alors qu'elle était promise à un autre ?

Il avait beau chercher dans sa mémoire, il ne se souvenait pas d'avoir vu à son doigt un anneau de fiançailles. Pourtant la lune était brillante... mais c'étaient les yeux de Claudia qu'il regardait, pas ses mains.

— Je suis sûr que son père l'oblige à se marier ! chuchota Lupus avec une note de désespoir dans la voix.

— Espèce de peste, lança Hélios à sa sœur. Ne vois-tu pas que tu lui fais de la peine ? Tu sais bien ce qu'il éprouve pour cette fille !

— Et après ? ricana Séléné en haussant ses belles épaules. Cette Claudia n'est pas pour lui ! Il est esclave et elle est ingénue[1]. Son père va sans doute la marier à un riche citoyen de Rome. D'ailleurs, Lupus devrait s'en moquer, il vient de te dire qu'il part pour Rhodes, il nous quitte !

Elle se dirigea d'un pas chaloupé vers la porte, l'ouvrit et déclara avec un rire acide avant de sortir :

— Claudia va se marier. Quant à moi, je ne suis pas assez bien pour lui !

La porte claqua. Lupus se sentit rougir, mais Hélios déclara alors :

— Pardonne-lui. Tu l'as compris, ma sœur est malheureuse à cause toi. Je t'ai parlé tout à l'heure de deux nouvelles. Je t'ai déjà dit la première. La seconde est que le préfet Plinius nous engage à Misena. Nous partirons après les noces de Claudia. Il est temps que nos chemins se séparent, mon ami. Il vaut mieux que Séléné t'oublie.

Lupus approuva de la tête. Il allait se lever du lit lorsque la main parcheminée de Pétronia l'agrippa :

— Enfin nous partons ! s'écria-t-elle d'une voix grinçante.

Puis son regard fixe ne lâcha plus les yeux de Lupus, et sa main serra plus fort son poignet. L'esclave sentit ses cheveux se dresser sur sa tête tant elle semblait habitée par des forces surnaturelles. Enfin sa main se fit plus

---

1. Les enfants d'affranchis naissaient libres (ingénus). On tolérait qu'un homme libre ait des relations avec une esclave. En revanche une femme libre, si elle aimait un esclave, risquait de tomber en esclavage, et son compagnon d'être mis à mort.

légère. Elle s'approcha de Lupus pour lui souffler au creux de l'oreille :

— Ils vont tous mourir ! Mais pas ta Claudia ! Pas ta Claudia !

17

Pandion

Lupus entamait son deuxième jour de surveillance. Il s'était assis sur le trottoir, ses bras enserrant ses genoux. Sourcils froncés, il ne quittait pas des yeux la maison de Tyndare.

Fœtidus, le mendiant, était venu le voir à deux reprises, d'abord pour lui réclamer un « loyer » pour la surface de trottoir qu'il occupait indûment, puis pour faire la conversation. Tout y passa : les esclaves trop bien nourris, les barbares qui avaient les meilleurs emplois et les ingénus romains obligés de vivre de distributions publiques de pain...

Comme pour donner raison au mendiant, la porte de Tyndare s'ouvrait et se refermait sans cesse sur des « clients » ou des quémandeurs. Lupus les voyait entrer les mains vides pour ressortir peu de temps après chargés d'un panier de victuailles ou d'une bourse. Les mêmes étaient venus la veille, et sans doute repasseraient-ils le lendemain !

Mais, depuis hier matin, ni Actis ni leur mère n'étaient sorties. Il restait encore demain... Lupus serra les poings. Demain, Claudia se mariait...

— Salut, jeune Arrius !

— Pandion ? s'étonna le jeune homme en reconnaissant l'esclave public.

Lupus se leva aussitôt. Que lui voulait donc Pandion ? Il fut rassuré de voir que le vigile le regardait en souriant.

— Quelle surprise de te trouver ici ! Aimerais-tu avoir des nouvelles de notre enquête ? demanda le vigile au jeune homme.

— Tu m'en donnerais ? Vraiment ? fit Lupus, plein d'espoir.

— Bien sûr ! Suis-moi. Je dois régler un différend entre deux commerçants à quelques rues d'ici. Nous discuterons en cheminant.

— Alors ? demanda Lupus sur des charbons ardents.

Pandion marchait d'un pas nonchalant et Lupus avait du mal à garder son calme.

— Alors, je crois que tu as raison. Cet esclave en fuite, ce Lupus, n'est pas le meurtrier. Nous avons trouvé un témoin...

— Ton mendiant aveugle ? supposa Lupus.

— Tu as bonne mémoire ! le félicita Pandion en s'arrêtant pour lui faire face. En fait, il n'est pas plus aveugle que toi et moi... Il fait juste semblant. Il a vu entrer chez Sotimus deux hommes, un gros et un grand maigre...

Lupus blêmit. Sporus et Icarios, des assassins ? La nouvelle lui coupa le souffle. Il se reprit lorsqu'il remarqua que Pandion étudiait sa réaction. Aussitôt, le vigile demanda :

— Cette description te fait peut-être penser à quelqu'un ?

— Non... répondit prudemment Lupus en baissant les yeux.

— Tu m'étonnes, jeune Arrius. Toi si intelligent et si observateur... Un gros et un grand maigre ?

Lupus se sentit pris au piège. Où voulait donc en venir Pandion ? Le jeune homme comprit tout à coup que l'esclave public ne l'avait pas abordé par hasard.

— Avançons, proposa Lupus. Tu dois régler ce différend entre commerçants. Je ne voudrais pas te retarder...

— À moi, reprit le vigile comme si de rien n'était, cela me rappelle le banquier de Nuceria, Sporus, et son secrétaire. Figure-toi que je les ai rencontrés voilà quelques jours. Sporus avait cru reconnaître son cambrioleur, ce fameux Lupus, aux thermes. Mais le jeune homme s'est enfui... Peut-être est-il toujours à Pompéi ?

Lupus ne put s'empêcher de blêmir. Mais le vigile le prit familièrement par l'épaule pour lui faire traverser la rue. Ils s'engageaient à présent dans un quartier très animé aux échoppes abritées du soleil par des bâches.

Lupus n'était pas au bout de ses peines, car déjà Pandion reprenait :

— Tu connais Sporus, n'est-ce pas ? Tu m'as dit avoir travaillé pour lui à Nuceria.

Impossible de nier. Lupus se tint coi, attendant la suite.

— Avoue que le monde est petit, fit Pandion, rigolard. Tu te trouves à Nuceria quand le vol chez Sporus est commis. Puis tu viens à Pompéi. Et voilà que Sporus arrive lui aussi à Pompéi... Tu vas à la boutique de Sotimus et Sotimus se fait assassiner. Et pour finir, tu me demandes où habite... Tyndare, celui dont l'argent a été volé chez Sporus. C'est bien devant chez lui que je t'ai trouvé ?

Lupus soupira puis déclara prudemment :

— Je reconnais que cela fait beaucoup de coïncidences, mais je peux te jurer que je ne suis pour rien dans le vol chez Sporus ni dans l'assassinat de Sotimus.

— À vrai dire, je te crois. Mais j'aimerais savoir quel rôle tu joues dans cette affaire.

Une fois encore, Lupus éluda la question. Il demanda :

— Et pour l'ivoire, qu'as-tu appris ?

Pandion eut un fin sourire.

— Tu me m'as pas répondu, mais je finirai par savoir ce que tu caches. Quant à l'ivoire, je pense qu'il est la clé de cette histoire. En fait, le prêtre d'Isis n'y connaît pas grand-chose en matière d'antiquités. Mais un de ses adjoints, un Égyptien, est devenu vert de peur en voyant l'objet.

— Alors, conclut Lupus, l'ivoire est bien une pièce rare...

— Plus que cela : magique.

— Magique ? s'étonna Lupus.

— Cela s'appelle d'ailleurs un ivoire magique. À ce talisman est associé une mystérieuse formule pour invoquer la déesse Sekhmet. L'ivoire est censé anéantir les ennemis de son propriétaire.

Qu'avait dit Sporus ? Que le talisman le protégeait de la maladie. Mais, pourtant, il n'avait pas l'air si soucieux que cela de sa santé !

— En somme, glissa Lupus qui commençait à comprendre, l'ivoire rend son propriétaire invulnérable...

— Oui, expliqua Pandion, invulnérable en affaires, en amour...

— ... ou au jeu, conclut Lupus. N'est-il pas interdit de jouer ?

— Naturellement ! Mais tout le monde le fait, du simple esclave jusqu'à l'empereur ! Imagine s'il nous fallait arrêter tous les joueurs ! Nous nous contentons de punir ceux qui négligent leur famille, qui ont des dettes, et ceux qui trichent.

Pandion s'arrêta net. Deux hommes s'empoignaient au beau milieu de la rue. Comme aux jeux de l'amphithéâtre, la foule avait fait cercle autour d'eux pour les encourager.

— J'arrive au bon moment ! fit Pandion en se remettant en marche.

Puis il expliqua :

— Tu vois, celui à la tunique à carreaux déchirée, c'est un Gaulois qui tient un *thermopolium*. L'autre, celui avec le nez en sang, c'est un foulon. Il a son atelier en face du *thermopolium*. Tu sens cette délicate odeur ?

Délicate n'était pas vraiment le mot qui convenait ! Une épouvantable odeur d'excréments empuantissait l'air. Et cela devenait de pire en pire au fur et à mesure qu'ils approchaient. En comparaison, la fabrique de garum de leur ancien quartier sentait la rose ! Pandion se boucha le nez et poursuivit :

— Tu sais sans doute que les foulons utilisent de l'urine pour blanchir les tissus. Or, notre ancien empereur Vespasien a taxé l'urine. Alors, ce brave foulon, pensant faire des économies, a construit des latrines publiques devant chez lui pour récupérer les urines et ne pas payer les taxes... Seulement, le Gaulois du *thermopolium,* lui, n'a plus un seul client, à cause des odeurs...

Pandion se jeta entre les deux hommes et se mit en devoir de les séparer. Il prit au passage quelques coups et dut crier qu'il représentait la loi.

Le combat cessa, ce qui provoqua des « oh ! » de protestation indignés de la part des spectateurs qui commençaient tout juste à s'amuser.

— Toi, le foulon, ordonna Pandion, tu vas me

démonter ces latrines ! Tu n'as demandé aucune auto-risation au duumvir pour les construire et tu n'as fait aucun écoulement vers les égouts.

— Il n'y en a pas besoin, s'indigna le foulon en essuyant son nez en sang, puisque j'utilise l'urine dans mon atelier.

Aussitôt le Gaulois répliqua avec un fort accent :

— C'est qu'il n'y a pas que de l'urine ! Les voisins sont asphyxiés ! Nous sommes envahis par les mouches ! Et je ne suis pas le seul commerçant à me plaindre ! Le boulanger et le boucher sont presque en faillite !

Puis il montra le mur des latrines où était inscrit en gros, à la peinture rouge : *CACATOR CAVE MALUM*[1].

— *Cacator cave malum* ! pesta le Gaulois, mon œil !

— Est-ce ma faute, répliqua le foulon, hargneux, si les gens ne respectent pas mes ordres et font plus que pisser ?

— En tout cas, ordonna Pandion, tu vas détruire ces latrines. Et tu feras comme les autres foulons, tu met-tras devant ta porte une simple amphore où les gens pourront uriner. Ou alors tu achèteras l'urine et tu paie-ras les taxes !

Un « ah ! » ravi s'éleva de l'assistance, contrebalancé par le « oh ! » déçu de ceux qui avaient pris l'habitude de faire leurs besoins là. Le foulon, dépité, repartit en maugréant vers son atelier.

---

1. « Malheur à toi si tu fais caca. »

— Voilà une affaire réglée, fit Pandion en prenant Lupus par le bras pour rebrousser chemin. Et je ne suis pas d'accord avec notre défunt empereur Vespasien, je trouve que cet argent-là sent drôlement mauvais[1] !

Après quelques pas en silence, Lupus demanda :

— As-tu rendu son ivoire à Sporus ?

— Je m'en garderai bien ! s'écria Pandion. Comme je te l'ai dit, je suis sûr que le talisman est la clé de ce meurtre. Sporus ignore que nous l'avons. Il se pourrait bien qu'il soit notre coupable, car, tout comme toi, il trempe dans cette affaire...

Lupus se sentit rougir, mais Pandion, conciliant, conclut :

— Allez, je te quitte. J'arrête de te persécuter !

Après un dernier salut, chacun partit de son côté et Lupus soupira de soulagement. Pourtant l'esclave n'avait pas fait dix pas qu'il entendait Pandion s'écrier :

— Au fait, Lupus...

— Oui ? répondit imprudemment le jeune homme en se retournant. Il comprit aussitôt qu'il était tombé dans un piège en voyant Pandion, hilare, le contempler mains sur les hanches.

— Je le savais ! fit le vigile en s'approchant. Mais ne crains rien, je ne suis pas ton ennemi. Je suis persuadé

---

1. Vespasien, qui cherchait à remplir les caisses de l'Empire, avait taxé l'urine. Son fils Titus s'en était offusqué. Lorsque les premiers impôts rentrèrent, Vespasien montra l'argent à son fils et lui demanda s'il sentait mauvais. Et il conclut que même s'il vient de l'urine, l'argent n'a pas d'odeur...

que dans cette affaire tu es victime et non coupable. Seulement maintenant, je veux que tu me dises la vérité.

Lupus baissa la tête.

— Viens, fit le vigile, je t'offre un gobelet de vin... Tu me raconteras tout.

Une heure plus tard, Lupus quittait Pandion, l'esprit et la conscience en paix.

— Si j'étais toi, déclara le vigile, je partirais. Je ne pourrai pas te couvrir longtemps. Tu fais un coupable vraiment trop parfait. Ta parole ne vaudra rien contre celle de Sporus, et tes amis comédiens ne peuvent pas témoigner.

— Mais, ma mère et ma sœur...

— Écoute mes conseils, mon garçon : ne traîne plus devant chez Tyndare et quitte la ville au plus vite ! Je tâcherai de savoir où elles sont, et je leur ferai dire que tu rentres à Rhodes... Dans quelques mois, il te sera facile de revenir sous le nom de Dionysos... Ton maître ne pourra pas s'opposer à ton affranchissement et tu rachèteras la liberté de ta mère et de ta sœur.

Lupus ferma les yeux. Pandion avait cent fois, mille fois raison... Mais... jamais il ne partirait sans elles !

— Je te remercie, dit-il à l'esclave public pour le tranquilliser. De toute façon, je comptais m'en aller demain. Et je prierai les dieux pour que tu coinces Sporus !

18

Actis

Ce jour-là, la porte de la maison de Tyndare était grande ouverte. On avait joliment décoré l'entrée de couronnes de fleurs et de branches d'arbre.

Les litières et les voitures à cheval se succédaient, déposant devant l'entrée les invités que l'ancien gladiateur accueillait avec toute la joie que peut éprouver un père qui marie sa fille.

Le cœur de Lupus se serra. Une fois encore des émotions contradictoires le submergeaient. Voilà de longues années qu'il attendait ce moment. Il allait enfin retrouver Actis et sa mère. Il n'y avait pas un jour, depuis leur vente au marché aux esclaves, qu'il n'ait pensé à leurs retrouvailles... Mais Claudia s'était entre-temps insinuée dans son esprit avec ses yeux d'océan et sa voix de sirène !

Et Claudia allait se marier ! Ce soir même elle entrerait dans la maison d'un homme pour lui appartenir. Et Lupus ne pouvait rien faire pour empêcher cela.

— Venez, fit Apollonius en entraînant ses comédiens. Nous devons prendre l'entrée des serviteurs.

La troupe le suivit. Hélios, Florus et Mucius avaient les bras chargés de costumes et d'instruments de musique. Acca tirait derrière elle Pétronia. Séléné, quant à elle, affichait un air de profond ennui qui mettait Lupus mal à l'aise.

— Lupus, ordonna Apollonius. Ne perds pas de temps. Dès que nous serons dans la maison, pars à la recherche de ta famille. En ce jour de fête, il doit s'y trouver tant d'étrangers qu'on ne fera pas attention à toi. Si tu arrives à les faire fuir, retrouve-nous à l'auberge, à la nuit tombée.

— Entendu. Nous partirons avec vous pour Misena demain. J'y trouverai bien un bateau... Avec mes économies, nous pouvons déjà aller jusqu'en Sicile. Après, nous verrons bien...

— C'est cela, ricana Séléné. Et bon vent !

La cour des esclaves était en ébullition. Chacun s'activait dans une joyeuse pagaille. Au beau milieu, un homme, le visage rouge à exploser, braillait des ordres. Immédiatement, Lupus l'identifia comme étant l'intendant.

— Toi, criait-il, file à la cuisine avec tes volailles, elles ne seront jamais cuites à temps ! Toi, Marcus, cours au jardin, il faut arranger les plantes en pot ! Que fais-tu là, Lucius ? Ne vois-tu pas que tu gênes avec tes seaux d'eau ? Maïa ! Attention à ta corbeille de pétales de roses ! Dépêchons-nous, le flamine de Jupiter va arriver ! Où sont les jongleurs ? Et les comédiens ? Où sont-ils ?

— Ici ! s'interposa Apollonius en levant un bras. Peux-tu nous indiquer la pièce où nous pourrons nous changer ?

L'intendant attrapa au vol un gamin chargé d'une brassée de plantes odorantes.

— Conduis-les à la chambre de Probus, ordonna-t-il.

— Il faudrait savoir ! s'indigna l'enfant. Tu m'as demandé de porter ces fleurs à Actis ! Et tu as même dit : Grouille-toi ou tu vas prendre une fessée !

Le sang de Lupus ne fit qu'un tour ! Actis ! Il avait bien entendu le nom de sa sœur !

— Maintenant, s'égosilla l'intendant, je te dis que tu emmènes les comédiens à la chambre de Probus ! Et grouille-toi, insolent, ou tu vas prendre une fessée !

Le gamin repartit en bougonnant, suivi par la troupe d'Apollonius. À peine étaient-ils entrés dans le bâtiment que Lupus proposait :

— Écoute, petit : donne-moi tes plantes, j'irai les porter à cette Actis pendant que tu guideras mes amis. Dis-moi où la trouver. Inutile de perdre du temps en un jour pareil !

— Je veux bien, remercia l'enfant avec un grand sourire. Quelle pagaille ! Vivement demain qu'on rentre à Rome.

Il tendit ses fleurs à Lupus et recommanda :

— Tu montes cet escalier, puis tu frappes à la deuxième porte sur ta droite. Ensuite, tu cries que tu as les fleurs et Cornélia, la nourrice, t'ouvrira.

Lupus approuva de la tête. Il s'engouffra dans l'escalier mais ses pieds se faisaient lourds sur les marches.

— Actis ! Actis ! répétait-il d'une voix tremblante. Petite sœur ! Est-ce que je vais te reconnaître ?

Il se posta devant la porte, indécis. Actis n'était sûrement pas seule, puisque le gamin avait parlé d'une nourrice. Peut-être valait-il mieux attendre qu'elle sorte de la chambre ? Une odeur de verveine et de marjolaine lui chatouillait les narines. Lupus baissa les yeux.

— Les fleurs ! réalisa-t-il brusquement. C'est pour la mariée ! Ce sont les plantes traditionnelles que l'on met sur la couronne de la mariée ! Actis est avec Claudia ! Elle doit l'aider à s'habiller !

— Ah ! fit une voix impatiente de femme. Voilà enfin les fleurs pour ma petite caille !

Une tornade obèse, arrivant à grands pas, bouchait le couloir. La nourrice portait une *stola* d'un beau rose sous un châle vert à franges rouges. Elle coinça Lupus de son opulente poitrine contre le mur et ordonna :

— Eh bien ! Frappe et entre, imbécile ! Ma petite colombe attend ses fleurs depuis des heures ! Dis-lui que j'arrive dès que j'aurai mis la main sur Claudius !

Ce diable de Claudius a encore disparu avec son... chat ! A-t-on idée de donner un tel animal à un enfant ! Comme s'il ne pouvait pas avoir un chien ou une belette apprivoisée comme tout le monde !

Avant que Lupus ait pu faire un geste, la nourrice ouvrait la porte et annonçait :

— Les fleurs, chérie !

Puis elle poussa Lupus dans la pièce, referma la porte et disparut.

Lupus avait les jambes et le souffle coupés. Actis n'était pas là, constata-t-il en serrant les plantes contre lui. En fait, dans la chambre il n'y avait que Claudia. De dos, la jeune fille arrangeait son voile, ce voile orange si caractéristique que posent les mariées sur leurs cheveux coiffés en six tresses. Elle portait aussi la traditionnelle tunique sans couture serrée à la taille par une ceinture. Cela lui faisait une jolie silhouette longue et fine.

— Une mariée sans couronne, ce n'est pas une mariée, fit en riant la jeune fille sans se retourner.

Lupus ne reconnaissait pas sa voix. Mais sans doute Claudia devait-elle être émue. Elle releva le voile orange et prit en main un miroir d'argent poli pour arranger ses tresses.

— Cornélia, viens m'aider ! demanda-t-elle, pensant avoir affaire à la nourrice. L'*ornatrix* a trouvé quatre cheveux blancs à maman. Elle a décidé de les lui arracher ! Comme si elle en avait besoin ! Aide-moi, je veux que Publius me trouve la plus belle ! Je veux qu'il n'oublie jamais le jour de notre mariage !

La gorge de l'esclave se serra. Heureux Publius ! Sans l'avoir jamais vu, Lupus le détestait déjà !

Claudia se retourna enfin et poussa un cri de peur en voyant le jeune homme planté devant la porte. Le miroir tomba avec un bruit sourd sur le sol.

Ce n'était pas Claudia ! Ce visage mince à la bouche pulpeuse, ce nez fin, ces yeux marron pailletés d'or...

— Actis ? parvint à articuler Lupus d'une voix incrédule.

D'abord, elle ouvrit sa belle bouche d'un air étonné. Puis ses mains se mirent à trembler si fort qu'elle dut les serrer sous sa poitrine. Peu à peu ses yeux s'emplissaient de larmes.

Lupus n'en finissait pas de l'observer, avidement, Belle ! Elle était si belle ! Elle ressemblait tant à leur mère !

— Dionys...

C'était un sanglot. Les fleurs allèrent rejoindre le miroir sur le sol. Alors l'esclave marcha lentement vers sa sœur, leva la main jusqu'à toucher son visage, et sans même s'en rendre compte, ils se retrouvèrent dans les bras l'un de l'autre, riant et pleurant tout à la fois, s'embrassant, se caressant, se disant des mots tendres.

— Je savais que Tyndare te retrouverait ! lança enfin Actis entre deux rires mouillés de larmes. Il m'avait promis !

— Tyndare ?

— Il est merveilleux ! reprit Actis en se pendant au cou de son frère. Oh, Dionys ! Maman va être folle de joie ! Je ne pouvais avoir de plus beau cadeau pour mon mariage !

— Je n'y comprends rien ! fit Lupus en riant. Je m'attendais à trouver la fille de Tyndare...

Actis se recula d'un pas pour regarder son frère :

— Mais enfin, il ne t'a rien dit ?

Elle n'attendit pas la réponse et se jeta de plus belle au cou de Lupus.

— Actis ! s'écria une voix féminine d'un ton outré.

La porte s'était ouverte. Claudia se tenait devant eux, les yeux rivés au jeune couple enlacé, le visage rouge. Actis se mit à rire, mais Claudia poursuivit :

— Honte à toi ! Recevoir un homme dans ta chambre, le jour même de ton mariage ! Honte à toi...

Claudia avait reconnu Lupus. Elle se sentait trompée, salie, humiliée. Elle ne pouvait en supporter davantage ! Elle s'apprêtait à sortir pour cacher ses pleurs, lorsque Actis alla fermer la porte.

— Laisse-moi t'expliquer ! fit-elle, toujours en riant.

— Il n'y a rien à expliquer ! s'emporta Claudia. Dire que ce pauvre Publius t'attend dans l'*atrium* avec ses parents, ses témoins et le flamine de Jupiter !

— Claudia, insista pourtant Actis, je souhaite te présenter le jeune homme qui compte le plus pour moi... après Publius, ajouta-t-elle d'un ton plein de gaieté.

Lupus était resté muet, n'osant intervenir. Il regardait les jeunes filles, qui semblaient se parler d'égale à égale.

— Voici mon frère Dionysos ! Père l'a retrouvé !

— Père ? s'étonna Lupus.

— Dionysos ? s'étonna Claudia à son tour, qui poussa un soupir de soulagement puis finit par sourire.

Lupus, lui, fronça les sourcils, l'esprit embrouillé par ce quiproquo.

— Pourquoi appelles-tu Tyndare « père » ? demanda le garçon à sa sœur. C'est ton maître...

— Alors il ne t'a rien dit ? Bien des choses se sont passées en six ans ! D'abord, voici Claudia, annonça Actis. C'est la fille de Tyndare, mon amie et... ma sœur.

Ce fut au tour de Claudia de rire de l'air éberlué de Lupus. Mais Actis racontait enfin :

— Un an après nous avoir achetées, Tyndare nous a affranchies. Il a épousé maman et il me traite comme sa fille. Depuis, il te fait rechercher dans toute l'Italie... Je suis bien heureuse qu'il t'ait retrouvé !

— Il ne m'a pas retrouvé, fit Lupus d'une voix lugubre. Et je doute qu'il soit content de me rencontrer...

L'esclave regarda tour à tour les deux jeunes filles, puis il raconta en quelques phrases les mésaventures qui avaient fait basculer sa vie : Sporus, le cambriolage et le meurtre de Sotimus.

— Aujourd'hui, conclut le jeune homme, je suis Lupus, esclave en fuite de Caïus Fabius Félix. Tyndare me cherche pour récupérer son argent. Sporus lui a fait croire que j'étais coupable... Si je suis pris, je suis mort. En venant ici aujourd'hui, j'espérais te faire fuir avec maman... J'étais loin de m'imaginer que tu avais été affranchie.

Actis baissa le nez. Quel sort injuste s'acharnait sur sa famille !

— Nous n'avons aucune raison de fuir, Dionys... ou Lupus... Je ne sais plus quel nom te donner, mon frère. Aujourd'hui, je suis heureuse. Je me marie avec Publius. Il est jeune, beau, et je l'aime. Nous rentrons à Rome demain... Maman aussi est heureuse. Tyndare est le meilleur des époux. Il la couvre de présents, rien n'est trop beau pour elle. Quant à maman, elle ferait n'importe quoi pour lui... Et puis, il y a Claudius. Elle a mis au monde Claudius voilà quatre ans. Depuis sa naissance, elle est malade... Malade, mais heureuse.

Lupus serra les poings. L'idée que Tyndare et sa mère... Mais il se reprit. Son père était mort. Sa mère avait choisi librement son destin. Dire qu'il avait un petit frère ! Le petit diable du jardin... « Il est bien mignon, ce petit Claudius », pensa-t-il, la gorge nouée.

— Pour que notre bonheur soit parfait, poursuivit sa sœur, il ne manquait que toi. Il n'y a pas de jour que maman et moi nous ne parlions de toi, pas de jour qu'elle ne voie un nouveau devin ou un astrologue dans l'espoir de retrouver ta trace, pas de jour que nous ne fassions des dons aux temples pour implorer l'aide des dieux...

— C'est vrai, renchérit Claudia, je peux en témoigner. Te savoir en vie va rendre ta mère folle de joie !

Elle rentrera à Rome le cœur léger et en meilleure santé !

Elles rentraient à Rome ! Dire que lui rêvait de retourner à Rhodes pour reprendre le petit commerce d'huile familial ! Jamais sa mère ne quitterait son époux et son jeune fils pour le suivre, réalisa-t-il. En fait, ni elle ni Actis n'avaient besoin de lui... Elles étaient heureuses... Tyndare s'occupait d'elles...

« Elles n'ont pas besoin de moi », se répéta-t-il, la mort dans l'âme.

— Allons voir mon père, fit tout à coup Claudia. Je suis sûre qu'il interviendra auprès de l'édile de Nuceria et de ton maître. Mon père est riche, il te rachètera. Bientôt, tu seras libre !

Lupus en doutait. Il faisait un coupable parfait ! Même Pandion, l'esclave public, en convenait. Il ne prendrait pas le risque de se livrer à Tyndare ! Claudia se faisait des illusions.

Elle levait vers lui un visage lumineux, plein d'espoir. Les yeux bleus de Claudia étaient si beaux ! Lupus voulut s'y noyer, juste un instant, c'était si bon.

Il s'attarda ensuite sur le visage de sa jeune sœur. Oui, elle devait être heureuse. Tyndare la traitait vraiment comme sa fille. Il lui offrait aujourd'hui un mariage digne d'une jeune patricienne !

Sa gorge se serra de douleur. Personne n'avait besoin de lui...

— Je vais m'en aller, déclara-t-il brusquement. Ne dis pas à maman que tu m'as vu, elle serait trop inquiète de me savoir en fuite. Je vais partir pour Misena avec mes amis comédiens, et, de là, je trouverai un bateau...

— Je te l'interdis ! s'écria Actis dont les yeux s'étaient soudain emplis de peur. Claudia a raison. Mon père adoptif te rachètera ! Tu viendras vivre à Rome avec nous !

— Ne comprends-tu pas ? Tyndare et Sporus veulent me voir clouer à une croix ! Promets de ne rien dire à maman !

Mais la porte s'ouvrit.

— Par les dieux ! pesta alors la voix tonitruante de Cornélia, que se passe-t-il ici ?

— Les fleurs ! cria la nourrice. Regardez-moi les fleurs par terre ! Et toi ? fit-elle à Lupus. Tu n'as rien à faire ici. File ! Mais enfin, Actis, tu devrais être déjà prête ! Où est l'*ornatrix* ? Elle devait s'occuper de ta couronne !

Actis haussa les épaules dans un geste impuissant.

— Elle va m'entendre ! pesta Cornélia. Claudia, aide donc Actis à mettre son voile ! Le flamine de Jupiter attend !

Lupus recula à pas lents jusqu'à la porte restée ouverte. Actis tenta de le retenir, mais Cornélia l'intercepta. En maîtresse femme, elle ramassa les fleurs, qu'elle mit d'autorité sur les bras de Claudia. Puis elle attrapa une boîte d'épingles et commença à fixer la couronne sur la tête de la jeune fiancée.

— Dionys ! supplia Actis d'un voix inquiète sous le voile. Ne pars pas !

— Dehors ! ordonna Cornélia. Pas d'homme ici !

— Claudia, insista Actis, amène-le voir père !

Mais la nourrice se mit franchement en colère :

— Non, Claudia, tu restes ! Ne discute pas, jeune fille ! Occupe-toi des fleurs et vite ! Il y a au rez-de-chaussée cinquante personnes qui attendent la mariée. Les personnes les plus importantes de la région... Et le flamine de Jupiter qui s'est déplacé en personne pour la fille adoptive d'un simple affranchi ! Veux-tu donc que les invités disent que Tyndare les reçoit mal ? Veux-tu qu'ils disent qu'il n'est qu'une grosse brute de gladiateur mal dégrossi ?

Cornélia avait raison. La réputation de son père était en jeu. Claudia lança un regard désolé au jeune homme.

— Viens me retrouver après le repas ! demanda Claudia à Lupus tandis qu'elle tendait une à une les fleurs à la nourrice. Nous irons voir mon père. C'est un homme juste, je te jure qu'il t'écoutera ! Tout va s'arranger !

Lupus fit oui de la tête avec un sourire un peu forcé, puis il referma doucement la porte sur les trois femmes affairées.

— Adieu, petite sœur, souffla Lupus dans la pénombre du couloir. Sois heureuse. Adieu, Claudia...

Sa décision était prise. Dès la cérémonie terminée, il partirait.

19

Le mariage

Lupus ne vit pas grand-chose du mariage de sa sœur. N'étant ni invité ni serviteur, il ne put s'approcher de la noce. Depuis la pièce réservée aux comédiens, il imagina donc Actis, son voile orange baissé sur son visage. Elle avait rejoint son fiancé, le jeune Publius, devant l'autel des dieux lares, au beau milieu de l'*atrium*.

Tyndare, l'affranchi, avait dû mettre en bonne place la statue de son ancien maître, l'empereur Néron, au milieu des portraits de ses ancêtres.

Lupus songea que sa mère aussi devait être émue, elle laisserait sans doute échapper quelques larmes en regardant sa petite fille devenir une femme.

Lupus imagina le flamine de Jupiter sacrifiant un porc.

— En ce moment, commenta Lupus pour ses amis comédiens, les augures* doivent lire les auspices dans ses entrailles.

À entendre les cris de satisfaction, l'union d'Actis et de Publius serait heureuse. Ce neuvième jour avant les calendes de septembre de l'an 832[1] était un jour faste.

— Quand je me suis marié, on a fait moins de chichis ! plaisanta Apollonius qui enfilait son costume. Avec ma femme, on s'est promis l'un à l'autre devant la famille. Un adjoint du duumvir était témoin. Ensuite, j'ai offert quelques cadeaux, et mon beau-père nous a invités à manger.

— Quand même, rêva tout haut Acca, un beau mariage religieux comme celui-ci, cela doit être bien agréable !

— De quoi te plains-tu, ma puce, la reprit Mucius, son époux. Nous, nous avons vécu un an ensemble puis nous sommes allés nous faire inscrire comme mari et femme. C'est ce que tu voulais, non ?

— Comment faire autrement ? soupira Acca. Mon père voulait que j'épouse mon cousin. C'est toi que j'ai choisi contre son gré... Lupus, poursuivit-elle, ta sœur aura de beaux souvenirs. Hier soir, elle est allée aux temples pour offrir aux dieux ses jouets d'enfant... Tout à l'heure, la *pronuba**, une matrone, va lier ses mains à celles de son fiancé et consacrer leur union devant leurs

1. 23 août 79.

208

familles et les dieux... Ce soir, en entrant dans la maison de son mari, elle va faire cette promesse à Publius...

— *Où tu seras Gaïus, je serai Gaïa...* récita Séléné, le regard rivé au sol.

Ses yeux croisèrent ensuite ceux de Lupus. L'esclave y lut tant d'amour qu'il détourna vivement les siens, gêné.

— Les mariés vont se passer un anneau au doigt... rêva de nouveau Acca. Sais-tu pourquoi on choisit de mettre la bague au quatrième doigt de la main gauche ? demanda-t-elle à l'esclave. Parce que les Égyptiens, qui embaument leurs morts, se sont rendu compte qu'il y a un nerf qui part de ce doigt pour aller tout droit au cœur...

— Jolie histoire, fit en souriant Hélios. Et ensuite, plaisanta-t-il, sais-tu ce qui va se passer ? Ensuite, on va travailler ! Parce qu'il faudra divertir les cinquante invités de Tyndare pendant qu'ils s'empiffrent !

Dans l'*atrium,* une salve d'applaudissements retentit.

— Voilà, soupira Acca avec un bon sourire, la *pronuba* a lié leurs mains. Ils sont mariés.

— C'est quand même dommage que tu ne puisses rien voir, reprit Hélios pour Lupus. J'ai une idée !

Il se mit à retourner en tout sens les costumes qu'ils avaient apportés sans y trouver ce qu'il cherchait. Puis il alla fouiller sans façon dans les costumes d'une troupe de jongleurs recrutés eux aussi pour la noce. Il en sortit une longue tunique marron.

— Dis, demanda-t-il au jongleur, tu me la prêtes ?

L'autre acquiesça sans faire d'histoires.

— Mets-la, ordonna-t-il ensuite à Lupus. Nous jouons d'abord une courte farce de Plaute. Cela se passe dans le jardin d'une maison. Tu te plantes avec une bonne couche de maquillage au fond du *triclinium,* les bras levés. Avec des pommes dans les mains, tu feras un splendide pommier !... Et tu regardes !

Ce mariage resterait sûrement dans les mémoires ! Tyndare possédait une maison superbe, décorée avec goût de fresques et de mosaïques magnifiques.

L'ancien gladiateur avait réparti ses invités dans plusieurs pièces de réception. Confortablement allongés, ils mangeaient les mets les plus délicats. Les divertissements se succédaient : jongleurs, magiciens, danseurs, musiciens, comédiens...

— Eh, eh ! ricana Apollonius, qui tenait le rôle d'un vieux cochon amoureux d'une jeune fille pauvre.

Il envoya une grande claque sur le postérieur de Florus, *stola* rouge et perruque blonde, qui faisait l'ingénue. Cette dernière prit un air effarouché.

Le public étant proche, ils avaient décidé de jouer sans masques, ce qui leur permettait de multiplier grimaces, ricanements ou soupirs.

Les invités se mirent à rire sans retenue. La farce était connue de tous : la jeune fille était promise en mariage au vieux. Mais elle était amoureuse de son voisin, un beau jeune homme riche. Naturellement, avec l'aide de l'esclave de ce dernier, tout allait s'arranger pour les tourtereaux. Le vieux, berné et ridicule, finissait par doter la jeune fille, qui épousait le jeune homme.

Lupus, le pommier, observait, muet et immobile, indifférent aux pitreries des acteurs comme aux rires des spectateurs. Il se sentait rouge sous le maquillage. Ses yeux le piquaient de larmes retenues. Sa mère était allongée à dix pas de lui, sur un lit de velours. Elle avait l'air fatigué, malgré un merveilleux sourire. Mais qu'elle était belle dans sa luxueuse robe de soie mauve brodée d'argent, avec ses cheveux coiffés en bouclettes et retenus par un diadème !

L'envie de lâcher les pommes pour courir vers elle tenaillait Lupus... Mais Tyndare, allongé à son côté, se penchait vers elle, caressait sa main, lui offrait les meilleurs morceaux de volaille du plat posé devant eux.

« Actis a raison », dut reconnaître Lupus avec une boule de désespoir au fond de la gorge : leur mère était heureuse.

On apporta alors une grosse truie rôtie « à la troyenne » sur un immense plateau. Le cuisinier, déguisé en guerrier grec, lui ouvrit le ventre d'un habile coup d'épée.

Les invités lancèrent des cris émerveillés : la truie était emplie de volailles, de saucisses et d'oignons confits au miel ! Puis il y eut des escargots accompagnés de salades qui amenèrent de nouvelles exclamations de satisfaction, et encore des langoustines avec des champignons, des filets de murènes et des grives rôties !

De jeunes esclaves vêtus d'une courte tunique, la tête

couronnée de feuilles de vigne, passaient pour servir du vin.

— Par Bacchus ! Que ce Falerne est bon, entendait-on partout. Remplis ma coupe, petit !

D'autres enfants balayaient discrètement les restes jetés à terre par les invités ou nettoyaient les tables basses avec des éponges entre chaque plat.

— Quel festin ! entendait-on encore. Quel accueil !

Actis mangeait peu. Elle et Publius se croquaient des yeux, cela leur suffisait.

Actis avait fait le bon choix, reconnut Lupus. Publius avait l'air d'un gentil garçon de dix-huit ans. Le père du jeune marié riait avec une grosse voix pleine de gaieté d'homme simple et honnête ; sa mère, petite et fragile, posait sur Actis un regard plein de douceur.

Mais la farce se terminait. Mucius, qui jouait l'esclave, traversa le *triclinium* en gambadant et lia les mains de Florus et Hélios, les deux amoureux.

Pourquoi les esclaves de comédie portaient-ils toujours une tunique trop courte et une ridicule perruque rousse ? Et pourquoi couraient-ils en faisant de grands gestes comme des demeurés ? se demanda Lupus avec agacement.

Une larme finit par glisser sur sa joue. Bientôt, il ne serait plus esclave, se dit-il pour se consoler. Il allait rentrer à Rhodes, seul, et il ferait valoir ses droits.

Une seconde larme coula dans le sillon de la première. Lupus venait d'apercevoir le petit Claudius. On avait installé une banquette où quelques esclaves proches de la famille mangeaient assis. À quatre pattes sous le siège, Claudius était en train de jouer avec les franges de la *palla* de la grosse Cornélia.

Lupus avait toujours rêvé d'avoir un petit frère ! Que de choses ils auraient pu faire tous les deux !

Et Claudia... Elle l'observait avec inquiétude. Elle seule l'avait reconnu dans son costume de pommier.

Elle portait une robe blanche serrée à la taille par une ceinture dorée. Ses cheveux étaient retenus par un simple ruban. Pour tout bijou, elle n'avait que des perles aux oreilles. Claudia aurait pu servir de modèle à un peintre pour figurer Hélène de Troie, tant elle était belle...

— Pousse-toi ! ordonna la voix étouffée d'Apollonius. Ne vois-tu pas que la farce est finie ?

Lupus recula à pas lents jusqu'au mur. La nuit tombait. Des serviteurs commençaient à apporter des candélabres de bronze pourvus de nombreuses lampes à huile.

Gâteaux, crèmes et friandises firent leur apparition, déclenchant une série de « humm » gourmands.

C'était au tour de Séléné et d'Acca de montrer leur talent.

Séléné vint se mettre à genou dans les ombres dansantes des lampes. Elle portait sa plus belle tenue, une cymatile. Elle était très fière de cette robe de gaze souple peinte de façon à imiter les vagues de l'océan. Elle attaqua un air léger à la double flûte, se leva et...

laissa apparaître la minuscule Acca, dans une robe toute semblable, cachée derrière elle.

Les invités applaudirent à tout rompre. Acca, de petites cymbales accrochées à ses doigts, se mit à chanter et à danser, gracieuse et légère.

Leur spectacle était à peine terminé que s'élevaient des cris. Actis courut alors se réfugier dans les bras de sa mère avec tous les signes du désespoir !

Lupus, inquiet, manqua intervenir. Puis il se rappela que cela faisait partie de la noce. Actis ne criait pas, elle faisait juste semblant.

Publius, en riant, vint l'arracher aux bras à sa mère, qui fit mine de la retenir. Puis il emporta Actis sous les « *vale ! vale*[1] *!* » réjouis des invités. Les jeunes époux regagnèrent leur maison en compagnie de quelques joyeux lurons.

— Nous avons fini, souffla Séléné à Lupus. Viens, nous rentrons à l'auberge.

— Partez devant, j'arrive.

L'esclave lança un dernier regard à sa mère, puis il sortit. Il ne vit pas que Claudia s'était levée. Sans que quiconque ne s'en aperçoive, la jeune fille le suivit, bien décidée à tenir la promesse qu'elle avait faite à sa sœur adoptive.

---

1. Formule d'adieu que l'on pourrait traduire par « Portez-vous bien ».

20

La fuite

Lupus erra un moment dans la maison avant de traverser le péristyle désert. Sur les murs rouge et brun, s'ouvraient des fenêtres peintes en trompe l'œil. Une nature de rêve s'étalait en couleurs vives, avec ses fruits, ses fleurs et ses oiseaux.

Il sortit. Dehors, l'air était doux. Il avançait maintenant sous la colonnade du jardin où il avait rencontré Claudia. Après les rires de la fête, ce calme entrecoupé des cri-cri des grillons lui donnait presque le tournis.

C'était un petit paradis de plantes, de statues et de fontaines. En un éclair, Lupus imagina Actis et sa mère se promenant au frais en cueillant des fleurs ensemble.

Une nouvelle larme, chaude et salée, coula jusqu'à sa bouche, qu'il essuya rageusement du revers de la main.

— Tu es libre et elles sont heureuses ! dit-il tout haut, que veux-tu de plus ? Écoute les conseils de Pandion, pars, et ne te retourne pas !

Il enleva la longue tunique marron qu'il portait par-dessus la sienne. Sans même qu'il s'en rendît compte, ses pas le portèrent au fond du jardin, près de la pergola. L'eau du bassin ressemblait à un grand miroir sous la lune. Un poisson sauta, dessinant sur l'onde de grands cercles argentés.

Lupus accrocha la tunique marron au bras d'une Diane de marbre. Puis il s'accroupit et nettoya son visage couvert de maquillage avec de l'eau fraîche.

Claudia, qui le regardait faire, fronça les sourcils. Elle avait entendu ses mots. Ainsi, Lupus voulait partir ! Pourtant, elle était sûre que son innocence pouvait être prouvée.

« On voit bien que tu ne me connais pas, se prit à rire la jeune fille. Je te jure que tu vas parler à mon père, que cela te plaise ou non ! Lui seul peut te sauver. »

Elle allait s'approcher, lorsqu'un mouvement dans l'obscurité de la colonnade attira son attention. Que faisaient donc ces hommes ? Ils étaient deux, bâtis comme des porteurs de litière... Ce n'étaient pas des invités !

Avant qu'elle n'ait pu faire un geste, les deux hommes sortaient de l'ombre et se précipitaient sur Lupus. Un éclair argenté troua la nuit. L'un d'eux avait une arme !

— Prends garde, Lupus ! hurla la jeune fille.

L'esclave se retourna à temps pour repousser le bras

216

de son agresseur. Le poignard vola et atterrit dans une plate-bande. Mais l'autre homme agrippa aussitôt Lupus à la gorge ! Tous trois roulèrent dans le bassin. La tête sous l'eau, ses poumons privés d'air prêts à exploser, Lupus essayait en vain de se dégager. Ses forces faiblissaient, ses oreilles bourdonnaient, il se sentait perdre conscience !

Un choc ! La tenaille de fer qui l'oppressait venait de le lâcher. Lupus sortit la tête hors de l'eau pour avaler une grande lampée d'air. Son assaillant se tenait le front à deux mains, les yeux clos. Du sang coulait sur son visage. Les débris d'une vasque de terre cuite jonchait le rebord du bassin. Quelqu'un l'avait assommé ! Tout à coup, à quelques pas de lui, Lupus aperçut le second agresseur... Et cette robe blanche !

— Claudia ! hurla Lupus en bondissant hors de l'eau.

C'est elle qui avait jeté la vasque ! L'homme la tenait à bras-le-corps, une main collée sur sa bouche. Elle se débattait comme un beau diable.

— Lâche-la ! s'écria Lupus en agrippant l'homme par le cou.

Cela lui fit autant d'effet qu'une mouche sur le dos d'un taureau ! Il se secoua violemment et Lupus roula au sol. Mais le garçon sauta de nouveau sur l'homme, enserrant plus fort son cou de l'avant-bras. Ses doigts vinrent s'enfoncer dans ses orbites.

Un cri horrible retentit. Sous la douleur, l'agresseur

lâcha enfin prise. Claudia était libre ! Mais à ce moment, son collègue, la tête en sang, sortit du bassin.

Dans quelques secondes, les deux tueurs allaient de nouveau passer à l'attaque !

— Fuis vite ! cria Claudia en lui montrant la pergola. Je vais prévenir mon père !

L'homme à demi aveugle tenta de la retenir, sans succès. Elle courait comme une gazelle !

— À l'aide ! hurlait-elle à chaque foulée.

Déjà des serviteurs, alertés par les cris, sortaient de la maison. Elle était sauve ! Lupus ne demanda pas son reste. D'un bond, il sauta sur la pergola, l'escalada et franchit le mur.

Hélas ! Les deux hommes se lancèrent aussitôt à ses trousses. Par chance, ils étaient plus lourds et moins agiles que le jeune homme. Ils étaient à peine parvenus à se hisser en haut du mur que Lupus était déjà au bout de la ruelle !

Tout à sa joie de les avoir distancés, il ne prit pas garde au long sifflement aigu qui déchirait l'air.

Sauvé ! Il arrivait dans la rue... quand un choc brutal l'arrêta net ! Quelque chose venait de le faucher aux jambes. Lupus s'étala de tout son long sur le trottoir. Trois hommes le cernaient. Le nez au ras du sol, il ne distinguait que leurs sandales.

— Le poisson est pris, fit la voix de Sporus.

Sporus l'avait retrouvé ! Le jeune esclave se redressa sur les avant-bras. Il reconnut avec effroi le banquier et son secrétaire. Le troisième homme tenait un couteau.

Il avait l'air réjoui d'un gladiateur s'apprêtant à achever son adversaire.

D'ailleurs, comme s'il était à l'amphithéâtre, Sporus baissa son pouce, main fermée. Par ce geste, il demandait la mort. L'autre se mit à rire, s'agenouilla et attrapa violemment Lupus par les cheveux.

— Tu vas payer pour mon ivoire ! jeta Sporus. Voleur ! Et crois bien que je regrette que tu ne paies pas davantage !

— Je n'ai pas volé ton ivoire, tenta d'expliquer Lupus d'une voix hachée.

Mais le tranchant du couteau venait de se coller sous son oreille. Vaincu, il ferma les yeux et attendit la mort.

— Arrête ! souffla tout à coup Sporus au tueur. Voilà tout un groupe qui sort de chez Tyndare avec des torches ! Ils vont nous voir ! Icarios, éteins la lampe !

— N'est-ce pas le gros Sporus, le banquier de Nuceria ? fit une voix. Que fait-il ici ? Il n'était pas invité au mariage !

Le banquier eut un instant de panique qu'il maîtrisa bien vite. Après un geste amical de la main aux fêtards, il ordonna :

— Ne le tue pas ! Ils m'ont reconnu. Il faut l'emmener ailleurs.

Le couteau disparut. Avant que Lupus ait pu reprendre son souffle, un violent coup de poing le frappait à la nuque. Peu à peu, il se sentit perdre connaissance.

— Allons à la caserne des gladiateurs, proposa l'homme au couteau. Je m'arrangerai avec le *lanista**.

Il attrapa Lupus à bras-le-corps et le jeta par-dessus son épaule sans paraître faire le moindre effort.

Dans un coin, sur le trottoir, un paquet d'ordures bougea. Si les trois hommes s'étaient approchés, ils auraient sans doute vu que, sous le tissu crasseux, deux yeux vitreux les observaient.

Mais les yeux se fermèrent et le paquet d'ordures, ivre, péta, rota, et se mit à ronfler...

Un nouveau choc à la tête rendit ses esprits à Lupus. On venait de le jeter par terre. Il se trouvait dans une cellule, petite, sans fenêtre. La porte en bois était ouverte.

— La caserne des gladiateurs ! souffla Lupus à mi-voix.

Malgré la nuit, il reconnaissait l'endroit. Dehors, quelques lampes éclairaient la colonnade qui entourait la vaste palestre. C'est là que les gladiateurs vivaient et s'entraînaient chaque jour. Lupus y était venu avec Hélios, un après-midi. Il avait été étonné d'y voir une foule d'admirateurs nombreuse et passionnée.

Sur le pas de la porte, Lupus aperçut un homme trapu.

— Prends-tu ma caserne pour une prison ? fit-il à Sporus, mécontent.

C'était sûrement le *lanista*. L'homme au couteau insista :

— Il faudrait juste le garder jusqu'aux prochains combats ! Tu rendras service à mon ami... Cet esclave est la pire racaille qui soit !

Lupus s'assit sur le dallage de pierre. Sporus ne voulait donc plus le tuer ? Il envisageait de le livrer à la justice ? Sa tête le faisait souffrir, il avait du mal à réfléchir... Sa main ! Elle était attachée au poignet par une chaîne scellée au mur !

— Entendu, fit en soupirant le *lanista*. Je le garde jusqu'aux prochains combats. Mais je veux l'accord de l'édile. Et tu paieras sa nourriture.

Le *lanista* parti, Sporus et Icarios s'approchèrent de Lupus.

— J'ai décidé de t'accorder un répit de quelques jours, fit le banquier à l'esclave avec un sourire mauvais, comme s'il lui faisait une grande faveur.

— Pourquoi me traites-tu ainsi ? demanda Lupus. Je n'ai pas touché à ton argent et tu le sais ! Tu profites que je suis un esclave pour m'accuser de ce vol ! Je ne t'ai rien fait !

— Rien ? gronda Sporus. Et mon ivoire ? Depuis que tu me l'as volé, je perds au jeu. Je ne cesse de perdre ! J'ai bien réfléchi. Rien que pour cela tu subiras les châtiments les plus cruels ! Une simple mort serait trop douce.

Le mal de tête lui taraudait les tempes, mais Lupus répondit :

— Je n'ai pas pris ton ivoire...

— Tu l'a pris ! s'écria Sporus en le pointant du

doigt. Puis tu l'as revendu à ce voleur de Sotimus ! Et je te tuerai pour cela, comme j'ai tué Sotimus !

Lupus le regarda, éberlué. Le banquier avait avoué son crime sans l'ombre d'un remords ! Icarios, voyant que Sporus perdait son calme, posa une main apaisante sur son épaule :

— Tais-toi, maître, tu parles trop.

Mais Sporus le repoussa avec colère :

— Assez ! Je veux jouir de sa mort ! Je ne sais encore ce qui me donnera le plus de plaisir. La croix ? Les fauves ? Ou la tunique de poix[1] ? Mais avant, je le ferai avouer sous la torture...

Lupus ferma les yeux, au bord de la nausée.

Icarios devint blême, partagé entre révolte et soumission. Il regarda Lupus, un esclave comme lui, imaginant la torture puis le supplice dans l'arène. Il avait encore en tête la vision du portier germain, défiguré à coups de bâton clouté. Il devait servir son maître... Mais jusqu'à quel point ? Il tenta :

— Tue-le tout de suite, maître. Ne le fais pas souffrir inutilement. De toute façon, si tu veux le traîner en justice et le faire exécuter, il te faudra l'autorisation de Caïus Fabius Félix. Lupus est son bien et...

Une gifle fit taire le secrétaire. Mais Sporus, tout contrarié qu'il fût, dut admettre que son esclave avait

---

1. Supplice qui consistait à faire porter une tunique enduite de poix (matière inflammable) à un condamné. On y mettait le feu et la personne mourait, brûlée vive.

raison : il ne pouvait rien faire sans l'accord de Félix.
Il finit par dire :

— Tu iras informer Caïus Fabius Félix de sa capture.
Tu partiras demain à l'aube pour Nuceria.

21

La colère des dieux

Étrange, ce silence...

Lupus leva le nez dans l'obscurité de la cellule. Hormis le cliquetis des armes des gladiateurs qui s'entraînaient, et les cris d'encouragement de leurs admirateurs, il n'y avait pas un bruit.

Pas un de ces bruits qui indiquent la vie, la nature. Pas un seul pépiement d'oiseau ; pas l'ombre d'un bruissement de feuilles d'arbre... Même la fontaine dans la cour s'était tue. Et soudain un hurlement déchira l'air. Lupus en eut la chair de poule. Un chien hurlait à la mort, sinistre présage !

Cette nuit, le sol avait tremblé, longuement, avec un grondement sourd. On aurait dit qu'une armée de géants courait sous la terre...

Depuis combien d'heures était-il là ? Du jour filtrait sous la porte de bois.

Lupus essuya son front du revers de la main. Il faisait chaud comme dans un *caldarium,* et la soif le torturait. Sporus avait pris soin de poser un seau d'eau et une louche... hors de sa portée. En tendant les doigts et en tirant sur la chaîne comme un forcené, Lupus parvenait à peine à frôler le seau, sans pour autant réussir à le saisir.

Il ferma les yeux. Il lui fallait penser à autre chose qu'à la soif, autre chose qu'à la croix, qu'à la tunique enduite de poix, qu'à la mâchoire des fauves...

Du bruit ! Des pas devant la porte ! La voix de Tyndare ! Lupus se sentit perdu. Il avait sans doute été prévenu par Sporus, et venait lui aussi pour se venger. Dans un geste désespéré de loup pris au piège, Lupus tira sur la chaîne, sans succès.

La porte s'ouvrit. Trois ombres se profilèrent à contre-jour. Il reconnut Tyndare, grand et fort. À côté de lui se tenait le *lanista,* trapu, et puis il y avait... une femme ? Claudia !

Que venait faire Claudia dans cette prison ? Pourquoi n'était-elle pas partie pour Rome ?

Mais la jeune fille se précipitait vers lui. Avec inquiétude, elle prit son visage à deux mains, tâta ses épaules, puis s'arrêta avec un cri sur son poignet cerclé de fer.

— Par pitié, demanda-t-il, donne-moi à boire !

Elle lui apporta aussitôt la louche pleine d'un liquide tiède et âcre que Lupus but avidement.

— Nous allons te sortir de là, lui dit Claudia d'une voix pleine d'émotion. J'ai tout raconté à mon père.

Tout en buvant, Lupus jeta un œil sur les deux hommes qui étaient restés sur le seuil. Le *lanista* semblait gêné. L'esclave l'entendit dire à Tyndare :

— Tu me donnerais la lune que je ne pourrais rien ! J'ai promis de le garder jusqu'aux prochains combats.

— Nous étions amis, autrefois, insista Tyndare. Chaque fois que j'ai combattu et que tu as parié sur moi, je t'ai fait gagner beaucoup d'argent. Grâce à moi, tu as pu acheter une équipe de gladiateurs... Allez, donne-moi ce prisonnier !

L'homme hochait la tête, hésitant. Il finit par admettre :

— C'est vrai que je te dois beaucoup, mais je n'ai qu'une parole, Tyndare. Si tu veux, je te laisse lui parler. Le banquier doit revenir avec son maître. Il décidera de son sort.

Le *lanista* n'avait pas tourné les talons que la grande ombre de Tyndare s'approchait de Lupus. L'ancien gladiateur s'accroupit près de lui, le scrutant, sourcils froncés. Nulle haine dans son regard, juste de l'interrogation. Tyndare soupira :

— Claudia a raison, tu as les yeux de ta mère...

— Je n'ai pas volé ton argent ! lança Lupus de sa voix la plus ferme.

Tyndare ne répondit pas. Il se contenta d'observer encore le jeune homme, comme s'il voulait fouiller son âme.

— Je l'avoue, continua Lupus. J'étais dans la maison de Sporus. Je savais que tu avais acheté ma mère et ma sœur... Je cherchais des renseignements sur toi. Mais je n'ai rien volé ! Je me suis enfui en entendant le portier appeler à l'aide !

Comme Tyndare ne disait toujours rien, Lupus poursuivit :

— C'est un coup monté par Sporus !

Tyndare soupira :

— Je te crois. À vrai dire, reconnut-il, certains détails m'ont semblé étranges dès le début. Cet énorme coffre... Comment aurais-tu pu le forcer tout seul ? Tout cela le jour même ou je devais reprendre mon argent !

— Sporus joue, expliqua Lupus. Il est couvert de dettes.

— Père, les interrompit Claudia, assez discuté ! Il faut délivrer Lupus !

Tyndare se saisit de la chaîne. Il observa les gros maillons un à un, cherchant une faille.

— N'as-tu pas une arme ? demanda Lupus, un couteau ? nous pourrions faire sauter la serrure.

Tyndare approuva. Puis il se tourna vers sa fille pour ordonner :

— Claudia ! Fais le guet !

L'affranchi sortit de dessous son manteau un poignard. Il glissa la lame dans le cadenas et se mit à le triturer tout en disant d'une voix neutre :

— Il faut que je t'explique... pour ta mère.

Lupus leva vers lui un regard surpris.

228

— Tu sais, raconta Tyndare, ta mère m'a plu tout de suite... Elle est douce et réservée...

Lupus, étonné par ces confidences, ne savait s'il devait répondre. Il approuva de la tête, à tout hasard.

— Après que Néron m'a eu affranchi, fit encore Tyndare tout en forçant la serrure, je me suis marié. Ma femme adorait les gladiateurs...

Claudia vint presser l'épaule de son père :

— Arrête de discuter, père, ce n'est guère le moment !

— Au contraire, fit Tyndare. Il faut qu'il sache, puisqu'il va bientôt vivre avec nous.

Lupus n'en crut pas ses oreilles ! Mais Tyndare avait l'air sincère. Finalement, cet homme lui devenait d'instant en instant plus sympathique !

L'ancien gladiateur poursuivit ses confidences :

— Je suis devenu *lanista* pour Néron. Mais je ne menais plus cette vie dangereuse de gladiateur et, peu à peu, ma femme s'est détournée de moi... Un jour, elle m'a dit : « Reprends tes affaires, je reprends les miennes. » Par cette simple phrase, nous étions divorcés. Elle est partie. Elle m'a laissé Claudia.

Tyndare fit une pause, le regard fixé sur son couteau serré dans son poing.

— Quand j'ai acheté ta mère, d'abord je me suis dit qu'elle serait parfaite pour élever Claudia... Ensuite, j'ai compris qu'elle était parfaite pour moi...

— Vite, père, s'écria Claudia, les voilà !

Le couteau s'abattit d'un coup brusque sur la serrure

du cadenas. La lame cassa, mais le cadenas aussi ! Lupus était libre.

— Faisons comme si de rien n'était, souffla Tyndare. Nous nous en irons dès leur départ.

La porte s'ouvrait déjà. Sporus et Icarios se figèrent en voyant l'affranchi qui les salua sans autre commentaire.

Mais Félix entrait à son tour. D'un bond Lupus se leva, sa main cachant la chaîne cassée dans son dos. Le chevalier vint se poster devant son esclave, un air de cruelle déception peint sur son visage.

— Dire que j'avais confiance en toi, lâcha le vieil homme.

— Je n'ai rien fait, maître !

Cela fit rire Sporus. Il s'approcha de Tyndare :

— Je vois qu'on t'a prévenu de sa capture. Tu es venu avec ta fille ? s'étonna-t-il avant de poursuivre : Je t'avais juré que je le prendrais. Son maître va ordonner son châtiment et l'affaire sera close !

Tyndare, en retour, se contenta d'expliquer :

— Fœtidus, un mendiant, t'a vu cette nuit. Il est venu m'avertir ce matin. Quant à Claudia, elle voulait faire ses dévotions au temple d'Isis avant de partir. Ensuite, nous allons rejoindre le reste de ma famille qui est déjà en route pour Rome...

Un large sourire ravi éclaira le visage de Sporus.

— Tu peux partir tranquille, dit-il sur un ton confiant, je m'occupe de notre voleur.

Seul le vieux Félix continuait à regarder tristement Lupus.

— Je n'ai rien fait, maître... fit de nouveau Lupus. Je suis bagarreur, impulsif, mais pas voleur... Tu le sais. Tes coffres, au domaine, sont toujours ouverts. J'aurais pu te voler cent fois et m'enfuir. Il faut me croire, maître !

Dehors, le chien se mit de nouveau à hurler à la mort. Sporus, superstitieux, passa aussitôt son index mouillé de salive derrière son oreille pour conjurer le mauvais sort. Puis il attaqua :

— Ne l'écoute pas, Félix. Donne ton accord et on l'interrogera. Il finira bien par avouer !

Félix se tourna vers Sporus, indigné :

— Tu veux le faire torturer ? demanda-t-il.

— Naturellement ! répondit le banquier. C'est la procédure. Sinon comment veux-tu qu'il avoue où il a caché l'argent ?

— Je refuse qu'on le torture !

C'était si inattendu que Sporus en resta bouche bée. Il n'avait pas prévu cet accès de sensiblerie chez le vieil homme.

— Sois raisonnable ! s'écria Sporus comme s'il s'adressait à un enfant capricieux. Tu ne vas pas pleurnicher pour un esclave en fuite !

Mais c'était mal connaître Félix, qui n'avait pas pour habitude de se faire dicter sa conduite.

— J'ai vu grandir ce garçon, jeta-t-il au banquier. Lupus dit qu'il est innocent et je doute qu'il ait pu commettre un tel vol. Je vais le ramener au domaine, où je l'interrogerai moi-même avec l'édile de Nuceria...

— Merci, maître, soupira Lupus avec gratitude.

— Stupide vieillard ! s'emporta Sporus. Ta cervelle est devenue molle comme du chou bouilli ! Je ne t'ai pas fait chercher à l'aube dans ta campagne pour que tu m'empêches de faire justice !

— Faire justice ? s'étonna Félix, les poings sur les hanches. C'est de torture dont tu parles, pas de justice ! Où sont tes preuves ? Où est l'argent volé ?

Un violent coup de tonnerre déchira l'air. Avant que Sporus ne se remette à protester, un deuxième coup, plus fort encore, ébranla jusqu'aux murs de la caserne.

— Un orage ? s'étonna Icarios.

Mais le sol se mit à trembler ! Comme la nuit précédente, une armée de géants courait de nouveau sous la terre... Tyndare attrapa sa fille par les épaules pour la protéger et Lupus s'obligea à ne pas bouger en voyant le vieux Félix vaciller.

Quelques instants plus tard le calme était revenu. Mais, dehors, une clameur sourde retentit. Les gladiateurs avaient jeté glaives, filets et tridents. Leurs admirateurs les avaient rejoints dans la cour. Tous étaient tournés vers le nord, les yeux rivés au ciel.

— Que se passe-t-il donc ? s'inquiéta Sporus.

Intrigué par les cris, il finit par sortir sous le portique, son secrétaire sur les talons. Lupus, un œil sur la porte, lança aussitôt à Tyndare :

— Ce n'est qu'un tremblement de terre. Profitons-en pour partir. Sporus n'acceptera jamais de me livrer à l'édile de Nuceria.

Tyndare approuva d'un hochement de tête. Lupus se tourna alors vers Félix :

— Maître, je te jure que je suis innocent. C'est Sporus le coupable. Aie confiance en moi.

Sous le regard éberlué du vieil homme, Lupus se dégagea de ses chaînes. Il entraîna Félix par le bras et lui dit :

— Viens, maître, nous te raconterons.

Mais, une fois dehors, le spectacle les laissa sans voix.

— Le Vésuve !

Le sommet de la montagne était fendu en deux. Il avait explosé ! Ce qui ressemblait à un énorme champignon de fumée noire se formait dans les airs, montant vers le ciel à une vitesse vertigineuse...

— Par les dieux ! Quel est ce prodige ? Que Jupiter nous protège ! Par Mithra ! Par Bâal ! Ô Zeus !

Certains gladiateurs invoquaient le Ciel tout entier, chacun dans sa langue. D'autres criaient qu'il fallait quitter la cité. D'autres encore juraient que ce n'était rien, juste un feu au sommet de la montagne.

— La nuit tombe ! s'écria Sporus d'un ton angoissé. Regardez comme il fait sombre ! Voilà qu'il pleut !

Lupus essuya sa main sur son bras. Une trace noire s'y étala.

— Ce n'est pas de la pluie ! dit-il. On dirait de la cendre...

Le champignon de fumée se transforma alors lentement en un grand arbre, un de ces pins maritimes qui étendent leurs branches... Puis la terre trembla de nouveau, plus fort. Si fort que les colonnes du portique commencèrent à vaciller ! L'une d'entre elles tomba, entraînant une partie du toit !

À présent, d'étranges éclairs rouges zébraient le ciel.

— Que les dieux nous viennent en aide ! criaient les Pompéiens. Est-ce la fin des temps ?

La gorge de Lupus se serra. Pétronia disait donc la vérité ?

La malédiction divine s'abattait sur la cité ! Comme pour lui donner raison, une pluie de cendres chaudes frappa son visage comme de la grêle calcinée.

— Fuyons ! s'écria Sporus, pris de panique. Icarios ! Il faut rentrer chez Maximus !

Mais Icarios, livide, répondit aussitôt :

— Tu es fou ! Nous n'allons pas traverser toute la cité pour aller chez Maximus ! Il faut au contraire gagner la campagne pour se mettre à l'abri !

— Mais mon argent ! hurla Sporus. Je dois récupérer mon argent !

— Ton argent ? s'emporta Icarios. J'en ai assez de tes manigances ! Je ne vais pas risquer ma vie pour ton magot ! Vas-y tout seul, moi je quitte la cité !

Icarios partit sans se retourner. Sporus, fou de rage allait le poursuivre, lorsque Lupus l'accrocha par sa tunique :

— De quel argent parles-tu ? demanda-t-il froidement au banquier. De celui que tu as volé à Tyndare ?

— Et après ? s'écria Sporus en se débattant. Cet imbécile de gladiateur n'en a pas besoin, il est riche comme Crésus !

Lupus, un sourire aux lèvres, le lâcha brusquement. Sporus tomba lourdement au sol. Puis, s'étant relevé étonnement vite pour un homme de sa corpulence, il détala.

Sporus avait avoué ! Un cri de joie échappa à Lupus. Il était innocenté !

Mais voilà que la pluie de cendres se transformait en pluie de pierres...

— À l'abri ! s'écrièrent les gladiateurs.

La tête couverte de tout ce qui pouvait leur tomber sous la main, casques, boucliers ou simples manteaux, chacun se mit en devoir de trouver une place sous la colonnade.

Une heure passa sans que le déluge de cailloux ne s'arrête.

Même des oiseaux, tués en plein vol, tombaient du ciel.

— Il faut partir ! hurla Lupus, tant le bruit des pierres rebondissant sur le toit était fort. Gagnons la campagne !

— Non, fit Tyndare derrière lui, allons plutôt vers la mer ! Le port n'est pas loin. Trouvons un bateau et éloignons-nous des côtes !

— Impossible, répliqua un homme aux cheveux brûlés. J'en viens. Les dieux nous ont abandonnés ! La mer s'est retirée ! Retirée, je vous dis ! Il n'y a plus que des rochers à perte de vue, et des flaques emplies de poissons morts. C'est la fin du monde !

— Mettons-nous à l'abri ! conseilla une vieille femme. Il faut trouver des caves profondes avec des murs épais.

— La caserne est solide, approuva un gladiateur. Elle est restée debout après le séisme d'il y a dix-sept ans. Réfugions-nous dans le réfectoire et calfeutrons-nous !

Ils furent une bonne cinquantaine à le suivre.

— Ils sont fous ! s'écria Lupus. Comment sortiront-ils quand les cendres auront bouché les portes ?

Mais les Pompéiens se dirigeaient quand même vers les bâtiments, cherchant un abri dérisoire. Une femme couverte de bijoux agrippa peureusement le bras d'un grand gladiateur :

— Celadus, mon amour, protège-moi !

Ce qu'il fit. En l'entourant de ses bras, il entraîna la femme vers une des pièces du rez-de-chaussée, la conduisant sans le savoir vers une mort certaine.

— J'ai perdu ma femme au forum ! déclara le voisin de Lupus. La foule a pris les temples d'assaut ! Les prêtres font des sacrifices mais les dieux restent sourds !

— Tous ceux qui possèdent un cheval ou une voiture fuient, continua une femme, affolée. Moi, je n'en ai pas ! Mes enfants ! Où sont mes enfants ?

— Le vent tourne ! s'écria tout à coup Lupus. Vous sentez cette odeur d'œuf pourri ? Du soufre ! Des gaz ! Il faut partir ! Maître, où est ta voiture ?

— Hélas, je suis venu avec celle de Sporus...

— Moi, j'en ai une ! fit Tyndare. C'est une petite charrette en osier, mais elle nous portera bien tous les quatre.

À présent, d'énormes pierres bombardaient la caserne.

— Le toit s'écroule ! hurla une femme.

Une colonne s'effondra dans un fracas terrible, déversant à leurs pieds une avalanche de tuiles et de pierres.

— Maître !

Le vieux Félix gisait sous les tuiles...

— Aidez-moi, hurla Lupus. Une poutre lui a écrasé la jambe !

Félix était inconscient. Cela valait sans doute mieux, car sous la poutre, sa jambe ressemblait à de la bouillie rouge.

— Allons jusqu'à ma voiture ! fit Tyndare.

— Je m'occupe de mon maître.

Lupus, dans cette nuit irréelle, se pencha pour prendre Félix sur son dos. Tyndare, serrant sa fille contre lui, partit aussitôt, la tête couverte d'un bouclier de bois abandonné par un gladiateur. Ils s'enfonçaient dans les cendres chaudes, comme dans de la neige sale. Cela crissait et leur écorchait les jambes.

— Ma charrette ! s'emporta Tyndare une fois dans la rue.

Plus de charrette ! Volée ! Comment quitter la cité ?

Ils s'abritèrent sous un porche, affolés par le spectacle qu'ils avaient sous les yeux.

La foule, hurlante, dévalait la rue en direction de la porte de Stabiae. La plupart des Pompéiens ne possédaient pour toute protection qu'un oreiller ou une couverture ficelés sur la tête. Certains avaient les bras chargés des quelques objets de valeur qu'ils avaient pu sauver. La plupart portaient leurs enfants. Celui qui tombait dans les cendres était immédiatement piétiné par ceux qui les suivaient !

— Je retourne chez moi ! décida Tyndare. Il y reste deux calèches... Et les esclaves ! Il faut que je les fasse partir. Je suis sûr qu'ils sont restés, de peur que l'on pille la maison.

— Non, père ! s'écria Claudia. C'est trop dangereux. Regarde cette marée humaine !

Mais Tyndare se tourna vers l'esclave :

— Je te confie ma fille. Protège-la jusqu'à mon retour.

— Et si tu ne revenais pas ? fit Claudia d'une voix angoissée.

— Alors, tentez de sortir de la cité. Prenez la route de Nuceria...

— Non ! hurla Claudia. Je t'accompagne.

— Ton père a raison, fit Lupus en retenant la jeune fille par les épaules. Jamais nous ne sortirons vivants de cet enfer sans charrette ! Tu seras emportée et je refuse d'abandonner mon maître pour fuir sans lui.

Il n'avait pas fini sa phrase que Tyndare était déjà

parti. Grand et fort, il n'hésitait pas à se tailler un chemin à coups de poing.

Hélas une bonne heure passa sans que Tyndare ne revienne.

— Mon père est sûrement mort à présent, déclara Claudia en pleurs. Nous aussi, nous allons mourir...

— Courage ! lui souffla Lupus en la prenant dans ses bras. Il l'embrassa. Elle se laissa faire, se serrant contre lui.

— Je t'aime, Claudia, lui avoua-t-il au creux de l'oreille avant de l'embrasser de nouveau.

— Moi aussi, je t'aime, entendit-il peu après contre la peau de son cou. Je veux te dire avant de mourir...

— Chut ! Nous n'allons pas mourir ! la tança Lupus. Pas maintenant !

Le ton était à la fois tendre et fort. Elle le regarda en souriant entre ses larmes. Ses yeux, si bleus dans son visage noirci, lui firent chavirer le cœur. Lupus ajouta :

— Ne t'inquiète pas pour ton père, il est habitué à défendre sa vie. Il s'en sortira. Mais nous ne pouvons plus l'attendre. Regarde, la cendre tombe de nouveau et les gaz deviennent étouffants... Il faut se protéger.

Il prit sa *palla,* qu'il déchira en bandes. Avec l'une d'elles, il fit un bâillon, dont il entoura la bouche et le nez de la jeune fille. Puis il attacha une autre bande sur le visage du vieux Félix avant de se bâillonner à son tour. On suffoquait sous le tissu, mais au moins, cette faible protection les isolait-elle des gaz. Tandis qu'il fixait son masque, Lupus leva les yeux, le regard attiré par une drôle de silhouette...

Une minuscule carriole brinquebalante s'approchait, comme portée par la foule. Dessus, un homme obèse, la tête couverte d'une grande bâche rayée, gesticulait. Il distribuait coups de fouet et coups de pied à tous ceux qui tentaient de s'accrocher à sa charrette.

— Sporus ! fit Lupus. Nous sommes sauvés ! Je te jure qu'il va nous laisser grimper avec lui !

La charrette arrivait à leur hauteur. Sans attendre, Lupus s'agrippa à l'arrière. Mais Sporus le vit.

— Laisse-nous monter ! fit l'esclave.

La lanière du fouet cingla l'air ! Lupus rentra la tête dans les épaules et courba l'échine, mais il ne lâcha pas.

— Arrête ! supplia Lupus. Mon maître est blessé !

Malgré les coups, il parvint à saisir Sporus par une cheville et cria à Claudia :

— Grimpe, je le tiens !

Un nouveau coup de fouet claqua, suivi d'un hurlement... La jeune fille venait d'être frappée. Le visage en sang, elle parvint tout de même à se hisser dans la voiture.

— Tu vas me le payer ! s'écria Lupus.

Il tira la jambe du banquier. Sporus tomba lourdement dans la foule comme dans des sables mouvants, avec un cri de terreur. À vrai dire, personne n'y prit garde, tant les fuyards étaient occupés à sauver leur vie...

Lupus et Claudia ne perdirent pas leur temps à tenter de voir ce qu'il advenait du banquier. En quelques secondes, ils jetèrent les bagages de Sporus et allongèrent tant bien que mal le vieux Félix sous le banc, puis ils se couvrirent de la bâche pour se protéger des cendres brûlantes.

— Montre ton visage, fit Lupus d'une voix inquiète.

— Ce n'est rien. Juste une coupure.

C'était faux. Le coup de fouet lui avait fait une profonde entaille. Son bâillon était presque déchiré.

— Laisse-moi monter aussi ! hurla un homme en secouant la minuscule carriole.

— Attention, cria Lupus à Claudia, sinon la voiture va être prise d'assaut ! Qu'ils s'y mettent à trois ou quatre et nous allons être renversés !

Il repoussa l'homme brutalement et attrapa les rênes. Le petit âne, aussi affolé que les humains, repartit en ruant.

— Aie pitié ! s'écria une jeune femme, désespérée.

Ses cheveux avaient brûlé et son visage était déformé, tant elle portait de blessures noires de suie. Pour toute protection, elle tenait une tuile sur sa tête. Mais la femme jeta tout à coup la tuile pour tendre des deux mains à Claudia un paquet de linge sale. Elle poursuivit :

— Je n'ai qu'elle au monde ! Sauve-la ! Elle sera ton esclave !

Le paquet bougeait. C'était un bébé. Claudia le prit sans chercher à comprendre. La jeune mère, en pleurs, s'écria encore :

— Elle s'appelle...

Une pluie de pierres enflammées s'abattit, hachant ses mots. La femme disparut, happée par des bras, des pieds, dans un délire de hurlements de terreur...

Claudia la regarda se perdre dans l'obscurité et serra l'enfant plus fort contre elle, sous la bâche. La porte de Stabiae était toute proche, ronde dans cette nuit de fin du monde. Bientôt la route de la campagne leur permettrait de se sauver.

— Père ! Père ! cria Claudia en larmes. Il est mort, c'est sûr. Que les dieux aient pitié de nous !

Lupus l'entendit mais ne répondit pas. Un coin de la bâche venait de prendre feu. Il l'éteignit à coups de pied. Les yeux rougis, la gorge brûlante, les mains crispées sur les rênes, il criait des encouragements au petit âne.

La porte de Stabiae ! Ils la passaient enfin...

Dehors, le chaos était le même. À perte de vue, il n'y avait que cendres et désolation. La campagne était éclairée de maisons incendiées. La route, envahie par des fuyards en loque, semblait zébrée de crevasses comme une croûte de pain trop cuite. Et ce grondement sans fin qui vrillait les tympans...

— Il faut avancer ! répétait Lupus sous son bâillon.

Il le disait autant pour eux que pour son âne. Enfin, le jeune homme obliqua vers la route de Nuceria. Là, il se retourna un instant.

Derrière eux, le Vésuve crachait des flots de pierres

incandescentes. De longues langues rouges irradiaient la nuit. La mort tombait du ciel, sans vouloir s'arrêter.

Les yeux de Claudia, sous la bâche, brillaient de désespoir. Un long sillon rouge, la trace du coup de fouet de Sporus, barrait sa joue couverte de suie.

— Pétronia avait raison, soupira Lupus. Beaucoup vont mourir, mais pas toi, ma Claudia...

Quand les dieux s'apaisent enfin

22

Quand les dieux s'apaisent enfin

Un mois plus tard.

Tellius, l'intendant de Félix, entra dans le *tablinum*.
Lupus posa son stylet et leva le nez de sa tablette de cire d'un air morose. Voilà un mois qu'il s'abrutissait dans son travail. Cela lui évitait de penser à Claudia, à sa famille ou à la troupe d'Apollonius dont il n'avait pas de nouvelles.

Devant ses yeux défilaient sans cesse les images terribles de corps, êtres humains et animaux enchevêtrés, tombés, ensevelis sous les cendres. Et puis les cris ! Cris des agonisants, cris des enfants perdus, cris de terreur dans cette nuit d'apocalypse qui ne semblait devoir jamais finir...

Certains de ceux qui avaient survécu erraient encore dans la campagne, à demi fous. Pompéi, Herculanum, ces deux joyaux, et la petite cité de Stabiae avaient été rayés de la carte, comme si les dieux avaient voulu effacer jusqu'au moindre signe de leur existence.

Seul le Vésuve, impérial, trônait toujours au-dessus de ce carnage, ses flancs couverts de cendres et de lave.

Grâce aux dieux, l'horreur s'était arrêtée aux portes de Nuceria. Certes, on déplorait quelques maisons effondrées et brûlées. Il faudrait sans doute plusieurs mois pour évacuer les cendres accumulées, mais fort heureusement il y avait peu de victimes.

— Le maître donne une fête, dit Tellius.

— Une fête ? s'étonna Lupus. Ce serait bien la première fois que Caïus Fabius Félix donne une fête ! Et pourquoi donc ?

Tellius haussa les épaules :

— Sans doute parce qu'il a survécu à cette catastrophe et que le domaine est presque intact. Le maître veut que tu y sois.

— Il veut que je serve à table ? s'étonna Lupus.

— Non, soupira Tellius d'un air excédé, il veut que tu manges avec ses invités ! C'est pour t'honorer. N'est-ce pas toi qui l'as sauvé ? Rends-toi au *triclinium* à la neuvième heure.

Oui, Lupus avait sauvé son maître. Et pour la millième fois, il replongea dans ces moments terribles.

Ils avaient été arrêtés par une crevasse – une de plus.

Combien d'heures avaient passé ? Personne n'aurait pu le dire. Lupus était descendu pour observer la faille lorsqu'une main s'était abattue sur son épaule. Un homme masqué d'un chiffon se découpait dans la nuit. Lupus s'était raidi, près à se battre.

— Aide-nous ! avait supplié l'homme sous son bâillon. Laisse monter mes enfants ! Ils ne sont pas bien lourds, ils n'en peuvent plus. En échange, je conduirai ton âne par la bride. J'ai une bonne vue. Je t'éviterai les roches et les crevasses. Par pitié !

Il avait fait le tour de la carriole et était revenu avec deux choses dépenaillées. L'une avait sur la tête un oreiller brûlé, l'autre une couverture en charpie. Tous deux portaient un masque d'où des yeux rougis lançaient des regards terrifiés.

— J'ai perdu ma femme et mon plus jeune fils...

Lupus, la mort dans l'âme, allait refuser... N'avait-il pas promis à Tyndare de s'occuper de Claudia ? Il n'y avait plus de place sur la voiture...

— Donne-les-moi ! avait déclaré Claudia en posant le bébé et en tendant les mains vers l'homme. Qu'ils prennent ma place. Je vais marcher.

Lupus avait eu honte tout à coup. Avait-il perdu tout sentiment humain ? Dire que c'était Claudia qui avait eu ce courage !

— Attends ! avait-il ajouté, nous allons nous débarrasser du banc pour alléger la carriole. Nous mettrons les enfants avec le bébé contre mon maître. Partageons

247

la bâche. Elle est assez grande pour nous couvrir et protéger la voiture.

Et ils avaient ainsi tous tâtonné dans l'obscurité pendant d'interminable heures encore. Certains fuyards, à bout de souffle, s'étaient laissés tomber au beau milieu de la route dans la cendre.

Mais bientôt il n'y avait plus eu de route. Les cendres recouvraient tout, uniforme tapis gris et chaud. Il fallait zigzaguer et le père des enfants se révéla alors d'une aide précieuse.

Lupus avait pris Claudia contre lui. Enveloppés ensemble dans un morceau de la bâche, ils avançaient péniblement au côté de l'homme.

— Cela ne cessera donc jamais ! avait soupiré Claudia.

Le petit âne était tombé. L'animal, épuisé, s'était mis à braire, ses pattes à vif repliées sous lui. Son dos était couvert de blessures et ses naseaux saignaient.

— Non ! lui avait lancé Lupus, ne nous abandonne pas ! Sans toi nous sommes perdus !

L'âne, dans un sursaut, s'était relevé. Lupus avait posé une main sur son museau, le flattant, le caressant.

— Il faut faire une pause, avait alors ordonné Lupus. N'est-ce pas un toit que l'on voit, là ? Oui !

Mais la minuscule bergerie qu'ils venaient de trouver était pleine. Des fuyards s'y entassaient, recroquevillés, gémissants, serrés les uns contre les autres.

— Partez ! leur avait ordonné un homme armé d'une bûche de bois. Il n'y a plus de place pour vous !

L'homme ayant levé son arme, Lupus avait préféré faire un pas en arrière.

— Attends, avait demandé Lupus, sais-tu où nous nous trouvons ?

L'homme avait hésité avant de finalement répondre :

— Nous sommes au nord-est de Nuceria, sur le domaine d'un certain Fabricius. Pars, maintenant !

Lupus s'était contenté de ces explications. Fabricius exploitait une des plus grosses carrières de tuf de la région. Ils étaient dans la bonne direction.

Ils avaient conduit l'âne sous un arbre. Mais l'animal, comme soudain pris de folie, leur avait échappé pour aller s'arrêter quelques pas plus loin dans le noir.

— De l'eau ! s'était joyeusement écrié Lupus. C'est une source !

L'eau était curieusement chaude et son goût étrange, mais cela ne les avait pas arrêté. Ils avaient apaisé leur gorge en feu et baigné leurs yeux irrités.

Dans la carriole, le bébé braillait et le vieux Félix geignait. Lupus était allé lui rafraîchir le visage avec un tissu mouillé tandis que Claudia tentait de calmer la petite.

— Elle s'étouffe, avait déclaré Claudia avec inquiétude.

— Referme bien le lange sur son visage, fit Lupus. Sans quoi elle ne vivra pas longtemps. Viens.

Ils s'étaient installés sous l'arbre, serrés l'un contre l'autre.

— Repose-toi, avait soufflé Lupus en caressant les

cheveux de la jeune fille. Je vais veiller. Je sais où nous sommes. La maison de Félix se trouve à trois milles d'ici.

— Je t'aime, avait dit Claudia dans son cou. Si c'est la fin du monde, je serai heureuse de mourir avec toi...

— Ne dis pas de bêtises ! avait-il répondu pour la tranquilliser. Les dieux ne peuvent pas être cruels ! Il nous reste à peine deux ou trois heures de route.

Il avait baissé leurs bâillons pour l'embrasser. Claudia s'était laissé faire. Les cendres leur piquaient la gorge, mais ils ne s'en étaient pas aperçu...

Ils s'étaient encore perdus.

Les mots « temps » et « espace » ne voulaient plus rien dire. Plus de jour, plus de repères... Nuit sans fin sur une mer de cendres grises...

Le brave petit âne était tombé de nouveau. Mais, cette fois, il ne s'était pas relevé.

— Mes enfants n'y arriveront jamais, déclara l'homme en regardant la piste grise. Aide-moi à retourner la charette, nous nous cacherons dessous pour nous protéger.

Une fois les deux petits mis à l'abri l'homme serra Lupus et Claudia dans ses bras pour leur dire adieu. Et, ils avaient continué à pied, Claudia avec le bébé et Lupus portant son vieux maître sur son dos.

Ils s'étaient effondrés devant la maison de Décimus Pollio, le voisin. C'est Simius, l'esclave égyptien, qui les avait ramassés, exténués de fatigue.

Lupus délirait. On lui avait fait boire une potion au pavot et il avait dormi pendant deux jours. Lorsqu'il s'était réveillé, Claudia était partie. Tyndare, qui avait survécu, était venu chercher sa fille à peine une heure auparavant...

— Nero Claudius Tyndare était très inquiet pour ta mère, lui dit Simius. Ils ont repris tout de suite la route de Rome pour avoir de ses nouvelles...

— Et Claudia ?

Simius semblait gêné :

— Elle ne m'a rien dit.

Claudia l'avait abandonné et personne ne savait si sa mère avait atteint Rome... Et Actis et son mari ? Et le petit Claudius ? Et la troupe d'Apollonius ? Où étaient-ils ?

La seule bonne surprise que Lupus eut ce matin-là fut que le jour, enfin, avait vaincu cette nuit d'apocalypse.

Le calme du *tablinum*. Tout était calme. Lupus avait encore dans les oreilles cet incroyable grondement sourd... comme un troupeau de chevaux au galop... Il secoua la tête pour s'arracher à ce souvenir.

L'enfer avait pris fin. Enfin presque.

Félix avait écrit à un ami de Rome pour avoir des nouvelles de Tyndare. Personne ne lui avait répondu.

Peut-être que Tyndare n'avait pas envie d'entendre parler de Lupus, l'esclave ? En tout cas, Lupus réussit à s'en convaincre. Sa mère le croyait sûrement mort, Actis aussi. Et Claudia l'avait abandonné.

— Tout est rentré dans l'ordre, se dit-il avec amertume. J'ai retrouvé le dortoir des esclaves et Claudia sa chambre de riche ingénue.

Avait-il rêvé ses baisers et ses caresses ?

Sans doute que oui.

Toute la journée, on s'activa dans la maison, mais Lupus n'y prit pas garde. Il voulait vérifier les comptes pour le soir.

— Manger avec les invités ! pesta Lupus. D'abord, je n'ai pas faim. Ensuite, je n'ai rien à leur dire. Comment peut-on faire la fête après une telle catastrophe ?

L'esclave quitta le *tablinum* la mort dans l'âme. La bonne odeur de viande rôtie ne lui chatouilla pas les narines, pas plus que celle des gâteaux tout chauds. Il déboucha, tête basse, dans l'*atrium* où se trouvaient déjà quelques personnes.

Félix était assis sur son lit de repos, sa jambe allongée maintenue par une attelle. Près de lui se tenaient l'édile Trebius et Rufus Appius, l'un des deux duumvirs de Nuceria. Il y avait aussi Tellius, Diomède... et Tyndare ! Il ne possédait plus ni barbe ni cheveux, et sa peau, pelée par les brûlures, était d'une curieuse couleur rose.

Tous le fixaient... Le sang monta au visage de Lupus lorsque, au côté de l'ancien gladiateur, il découvrit Claudia.

— Eh bien, viens ! ordonna Félix. Nous parlions de toi.

Claudia lui sourit. Elle semblait bien être la seule à être contente de le voir ! Elle était pâle, et il fut heureux de constater que la blessure de sa joue se distinguait à peine.

— Nero Claudius Tyndare est venu pour te racheter, lui dit Félix, le visage impassible.

Lupus se tourna vers l'affranchi, un grand sourire aux lèvres. Ainsi, après un mois de silence, le père de Claudia avait tenu promesse !

— Naturellement, reprit Félix, je lui ai répondu qu'il n'en était pas question !

L'espoir de Lupus s'anéantit d'un coup. Mais Tyndare attaqua :

— Ne peux-tu être un peu humain ? Ce jeune homme t'a sauvé la vie. Mon épouse, qui est sa mère, se lamente de ne pas le voir ! Elle est malade et ne peut pas voyager. Je paierai le prix que tu demanderas !

— Je le garde, répliqua fermement Félix. J'ai des projets pour lui.

Un silence de mort s'installa. Seul un soupir de Claudia déchira l'air. Félix expliqua :

— Je le fais instruire depuis six ans pour qu'il devienne comptable… Et… je l'aime bien. Donc, je le garde.

L'aveu se termina dans une grimace qui ressemblait à un sourire.

— Maître, tenta Lupus, je sais que je t'ai fait du tort.

Je me suis enfui... non pour t'échapper, mais pour sauver ma vie. Tu es un bon maître... Aucun esclave sensé ne souhaiterait te quitter ! Pourtant, j'aimerais tant voir ma mère ! Elle est malade ! Autorise-moi à la rencontrer de temps en temps.

— J'ai décidé... commença Félix.

Après quelques instants de silence, il poursuivit :

— J'ai décidé de t'affranchir.

La nouvelle fit l'effet d'une bombe ! Claudia se jeta dans les bras de son père, qui lui tapa dans le dos en riant. Lupus, perplexe, n'osait y croire ! À présent Félix souriait, d'un grand sourire ravi, Tellius et Diomède aussi ! C'était un coup monté ! réalisa Lupus en riant à son tour. Ce vieux roublard de Félix avait tout prévu ! Tyndare s'était également laissé prendre !

Rufus Appius, le duumvir, s'avança. Il tenait une baguette. Il en frappa Lupus sur la tête.

« La vindicte*... souffla Lupus avec émotion. Merci, maître. »

Félix faisait les choses dans les règles. En touchant Lupus de cette baguette, la vindicte, le duumvir transformait Lupus en homme libre. Puis il lui tendit le *pileus,* le chapeau caractéristique des affranchis, le bonnet phrygien.

Lupus le posa sur sa tête sans pouvoir empêcher quelques larmes de couler sur son visage. Mais il n'avait pas honte de pleurer. Il était libre ! Bien sûr, tant que Félix vivrait, Lupus resterait son « client »... Mais quelle joie de pouvoir crier à la face du monde : « Je suis libre ! »

— Laisse-moi faire, fit Claudia en s'approchant. Ton bonnet est de travers !

Lupus se laissa prendre par les yeux si bleus. Claudia souriait. Elle redressa le chapeau et elle en profita pour caresser sa joue d'un geste tendre. Il aurait aimé prendre sa main pour l'embrasser, mais il n'osa pas.

Rufus Appius demanda alors à Félix :

— Faut-il parler tout de suite de tes projets ?

Cette question sibylline resta sans réponse.

— Allons manger ! proposa Félix. Mon affranchi, Caïus Fabius Lupus, dîne avec nous !

Comme avant chaque repas, Félix se dirigea vers le laraire. En clopinant sur ses béquilles, il fit l'offrande aux dieux du foyer d'un peu de vin et de quelques fruits. Puis ils gagnèrent le *triclinium*.

Pour la première fois de sa vie, Lupus mangea couché. Un de ses anciens compagnons d'esclavage vint lui laver les mains et les pieds. Deux autres apportèrent un énorme plat où trônait un chevreau rôti entouré de loirs confits et de figues. Félix se servit et lança fièrement :

— Tout ce que vous mangerez aujourd'hui provient de mon domaine... À part le sel, le poivre et le garum ! Et maintenant, le spectacle !

— Salut à toi, Caïus Fabius Lupus ! interpella une voix familière.

— Hélios ! fit joyeusement Lupus en se levant.

Toute la troupe était là ! Enfin presque, car il manquait Séléné et Pétronia.

— Oh, maître ! Tu es merveilleux ! s'écria Lupus du fond du cœur.

Mais le vieil homme, comme s'il n'avait pas entendu, continua de dépiauter son loir d'un air affairé, jeta un os par terre puis déclara :

— Tu sais, moi, le théâtre... J'ai engagé ceux-là car on m'a dit qu'ils étaient bons et pas chers.

Le spectacle fut d'un goût exquis. Lupus vit avec plaisir le vieux Félix cesser de manger et s'asseoir pour écouter Apollonius. Il frappa dans ses mains comme un enfant quand Acca se mit à chanter et à danser. Il pleura en écoutant Mucius scander la mort d'Achille, il rit en entendant des passages de *La Marmite* de Plaute.

Puis, alors qu'on apportait les sucreries, Félix se recoucha. Appuyé sur un coude, il prit un air grave pour expliquer :

— Il est temps de parler de choses sérieuses.

Il regarda ses invités tout à tour, avant de déclarer d'une voix assourdie par l'émotion :

— J'avais un fils. Il est mort il y a maintenant bien longtemps. Je possède un beau domaine. Qui profitera de tout cela après moi ? Me voilà à l'aube de ma mort, seul, sans autre héritier que notre empereur[1]. Qui fermera mes yeux ? Qui recueillera mon dernier soupir ?

---

1. Toutes les fortunes sans héritier revenaient automatiquement à l'empereur. De même, il était de bon ton de laisser une partie de ses biens par testament à l'empereur.

Qui honorera ma mémoire ? Qui prendra soin des lares de mon foyer ? Un lointain cousin... ? Je n'en ai pas.

Il se tut, le temps d'avaler une gorgée de vin, puis reprit :

— J'en ai parlé à mon ami Rufus, qui est toujours de bon conseil. Explique-leur, Rufus.

Rufus Appius, le duumvir, se racla la gorge :

— Tu n'es pas vraiment seul, Félix. Il y a dans cette maison des personnes dignes de confiance qui ont su te prouver leur attachement. Et une en particulier...

— Qui donc ? demanda Félix, le nez dans sa coupe de vin.

— Le jeune Caïus Fabius Lupus.

Lupus s'assit brusquement. Cette conversation était étrange. Où voulaient en venir son maître et le duumvir ? La suite le laissa abasourdi. Félix posa sa coupe pour lui dire :

— Si tu es d'accord, jeune Lupus, je voudrais t'adopter.

— Maître ! Mais... je ne suis qu'un esclave !

— Un affranchi. Je vais t'expliquer...

Félix se leva, s'appuya sur ses béquilles et alla lentement au centre du *triclinium*.

— J'avais un fils, beau et intelligent. Il est mort. Et voilà qu'un jeune esclave, beau et intelligent, me sauve la vie. Cet esclave prendra un jour une place importante dans cette maison, puisqu'il tiendra les comptes et traitera les affaires pour moi... Tu m'as porté sur ton dos, Lupus, comme autrefois Énée son vieux père Anchise, au siège de Troie. Au péril de votre vie, toi et Claudia, vous m'avez sauvé. Je ne souhaite pas te récompenser, je te demande au contraire un nouveau sacrifice... Sois mon fils. Occupe-toi du vieil homme que je suis, poursuis mon œuvre...

— Mais, maître... fit doucement Lupus. J'en suis indigne.

Le vieil homme retourna s'asseoir :

— Trois cents personnes vivent au domaine. Ma fortune dépend d'eux, mais eux dépendent de moi... Il faut à leur tête un homme honnête, travailleur et compétent. Et c'est toi, mon garçon, que je choisis pour cela.

Lupus ferma les yeux, pesant le pour et le contre... Il y a une heure encore, il était esclave. Et voilà qu'on lui offrait de devenir fils de chevalier ! S'occuper du vieux Félix ? Il le faisait depuis six ans. Quant au domaine... Lupus avait la tête pleine d'idées : offrir des études aux enfants des serviteurs, bâtir une infirmerie et des thermes... et aussi un bâtiment où les vieux pourraient finir leurs jours en paix...

Et puis, il y avait Claudia. Elle était de naissance libre. Un affranchi était encore indigne d'elle, mais un fils de chevalier ?

Un soupir de pur bonheur lui échappa lorsqu'il se rendit compte qu'il pourrait épouser Claudia.

Il la regarda. Elle le fixait, pleine d'espoir, ses mains croisées sous son menton comme dans une prière muette. Sans doute était-elle arrivée à la même conclusion !

Lupus se leva et alla vers Félix. Puis il se laissa tomber à genoux devant lui, prêt à accepter.

— C'est impossible, déclara l'édile Trebius. Crois bien, Félix, que je ne cherche pas à t'embêter, mais tu ne peux pas adopter un ancien esclave ! C'est interdit par la loi ! Si tu m'en avais parlé, je te l'aurais dit. Seul Titus César pourrait t'y autoriser.

Lupus sentit le ciel lui tomber sur la tête. Pourquoi le sort s'acharnait-il ainsi contre lui ? Il se leva.

— En voilà assez ! fit-il d'un ton sourd. Je n'ai jamais été esclave ! Je suis né libre ! Les pirates m'ont pris !

— À qui veux-tu faire croire cette fable ? soupira l'édile. Je sais que ta famille a été vendue pour dettes.

— Ce que dit Lupus est vrai, intervint Tyndare. J'ai acheté sa mère et sa sœur... Elles m'ont raconté avoir été enlevées. D'abord, je ne les ai pas crues. Puis, après les avoir affranchies, j'ai fait des recherches à Rhodes... Il n'y avait pas eu de jugement pour dettes. Au contraire, le commerce du père de Lupus était très florissant.

Mais Trebius insista avec gêne :

— Les registres de Pompéi disent le contraire...

— Eh bien, pesta Lupus. Montre-le-nous, ce fameux registre ! Va le chercher sous vingt pieds de cendres ! Prouve que je suis un esclave ! Tu crois peut-être que j'en veux à l'héritage de mon maître ? Peu m'importent ses biens ! Je veux que la vérité soit faite ! Mon père a

été tué par les pirates ! Ma mère et ma sœur vendues !
Depuis six ans, je suis esclave ! J'ai été victime d'une
grave injustice !

Certes, l'édile était soupçonneux, mais Lupus et Tyndare avaient l'air sincère... Au fond du magistrat se
cachait un brave homme. L'édile hocha la tête et
déclara :

— Eh bien, si tout le monde le confirme, je vous
crois ! Lupus n'a jamais été esclave.

Le vieux Félix lui lança un sourire reconnaissant,
puis il se tourna vers Lupus :

— Alors, jeune homme, ta réponse. Tu m'adoptes
comme père ?

De nouveau Lupus se laissa tomber à genoux :

— J'accepte, maître.

— Pas maître, père... Et enlève-moi donc ce chapeau
ridicule !

Félix joignit aussitôt le geste à la parole. Il attrapa et
jeta le *pileus,* puis il embrassa Lupus.

— Quelle histoire ! plaisanta Hélios. Dire que j'ai
partagé ma paillasse avec un fils de chevalier !

Lupus avait retrouvé ses amis comédiens dans le jardin. La nuit tombait et cette soirée de septembre était
délicieuse.

— Où sont Séléné et Pétronia ? demanda Lupus.

— Ma mère, expliqua Mucius, a définitivement
perdu la raison. Nous l'avons laissée à Misena.

Apollonius se mit à raconter :

— Le jour de l'éruption, nous sommes partis pour Misena à l'aube, comme prévu. Tu n'étais pas là, et nous avons pensé que tu préférais te rendre à Rome avec ta famille. Nous avions parcouru dix milles quand le Vésuve a explosé. Grâce aux dieux, nous étions saufs ! Nous sommes arrivés sous une pluie de pierres, car Misena en a reçu sa part. Pétronia ne cessait de crier que c'était la fin du monde. Et puis, d'un coup, elle n'a plus rien dit... Elle a définitivement perdu la raison.

— Et Séléné ? demanda Lupus qui s'attendait au pire.

Mais Hélios expliqua à son tour :

— Dès notre arrivée, nous avons demandé asile à Plinius, le préfet de la flotte. Tu sais qu'il nous avait embauchés. Hélas ! il venait de partir au secours des habitants de Stabiae avec plusieurs galères.

— Plinius est mort, annonça Apollonius.

— Mort ? s'étonna Lupus

— Tu sais que c'était aussi un grand savant. Il paraît que l'éruption du Vésuve le fascinait et qu'il voulait en profiter pour étudier le phénomène de près. On l'a retrouvé mort sur la plage de Stabiae, il a été asphyxié par des gaz.

— Pour une fois qu'on avait un riche protecteur !

— Enfin, fit Hélios en reprenant son récit, il faisait nuit en plein jour et Misena était bombardée de cailloux bouillants. La sœur et le neveu du préfet, qu'on appelle Plinius le Jeune, ont décidé de gagner la campagne, de

peur que la cité ne prenne feu. Nous les avons suivis...
Séléné et le jeune Plinius ne se sont pas quittés.

— Ce que nous ne t'avons pas dit, poursuivit mali-
cieusement Acca, c'est que le jeune Plinius a dix-sept
ans et qu'il est plutôt agréable à regarder... Au retour,
le pauvre garçon était si peiné de la mort de son oncle
que... Séléné a entrepris de le consoler.

Lupus se mit à rire. L'histoire se terminait bien.

— Nous allons te laisser, fit en riant Hélios. Fils de
Félix, nous n'avons rien mangé depuis l'aube et les restes de votre repas nous attendent à la cuisine ! Que
dirais-tu de nous faire visiter ton domaine demain ?

Lupus promit. Quelques instants plus tard, il était
seul avec Claudia.

Ils se sourirent, un peu gênés. Puis Lupus passa le
bout de son doigt sur la cicatrice de sa joue. Un mince
trait rouge courait de son œil à son oreille, mais la jeune
fille était plus jolie que jamais. Les yeux fermés, elle
frotta son visage contre la main de Lupus.

— Ta mère t'attend avec impatience, fit Claudia. Elle
n'arrête pas de poser des questions sur toi ! Elle voulait prendre la route avec nous, mais, dans son état, mon
père l'en a empêchée. Actis s'occupe d'elle et vient
chaque jour à la maison pour lui parler de toi.

Claudia se tut. Lupus la dévorait du regard et elle ne
trouvait plus ses mots !

— Je pensais ne jamais te revoir, dit Lupus en soupirant. Je croyais que l'ingénue avait oublié l'esclave.

Claudia le fit taire, sa main devant sa bouche.

— Tu es fou ! Je serais venue à pied et en mendiant sur mon chemin pour te retrouver ! Le courrier ne passait plus, mais je te savais vivant et à l'abri... Titus César a chargé mon père d'acheminer des vivres et des secours vers Pompéi... Finalement, il n'est pas si mauvais que cela, ce Titus ! Mon père a voulu que je l'aide. Je me suis occupée, avec nos serviteurs, de regrouper les enfants perdus. Nous les avons installés dans un domaine où leurs parents, s'ils ne sont pas morts, pourront les retrouver...

Lupus approuva de la tête. Cela ressemblait bien à Claudia de se dévouer pour les autres !

— Et notre bébé ? demanda-t-il en souriant.

— Je l'ai appelée d'un nom grec : Calycé.

— Bouton de rose, traduisit Lupus, ravi.

— Oui. Ta mère me surnommait ainsi lorsque j'étais petite. C'est un nom plein d'espoir. Notre petite fleur a survécu dans ce champ de ruines... Calycé est mignonne à croquer et jamais, tu m'entends, jamais elle ne sera esclave !

Lupus attrapa la jeune fille par le cou pour la serrer contre lui. Elle se laissa aller avec un soupir de bien-être. La tête sur son épaule, elle chuchota :

— Dès que je t'ai vu, je t'ai trouvé rassurant... Va donc savoir pourquoi !

— Moi, j'avais envie de me noyer dans tes yeux... J'aurais donné la terre entière pour un regard de toi...

— Nous voilà comme deux imbéciles, se prit à rire

Claudia en rougissant. Entends-tu les niaiseries que nous débitons ?

Il l'embrassa.

Aucun des deux amoureux ne prit garde aux promeneurs qui passaient non loin d'eux. Le premier, grand et fort, aidait son vieux compagnon, appuyé sur des béquilles.

Lupus, hors d'haleine, releva un instant son visage avant de l'enfouir dans le cou de la jeune fille. Les cymbales des prêtres de Cybèle ne les auraient pas dérangés, pas plus que le buccin de l'armée romaine qui charge ! Et pourtant, s'ils y avaient pris garde, ils auraient pu entendre...

— Bon, alors, demandait Félix. C'est bien d'accord ? Ta fille, tu me la donnes pour mon fils ? C'est que je ne suis plus tout jeune... Et je veux des petits-enfants...

— Ne t'inquiète pas, fit en riant Tyndare. Je suis prêt à parier qu'ils ne nous demanderont même pas notre avis et qu'ils s'y mettront sans tarder. Dans un an, ton premier petit-fils sautera déjà sur tes genoux !

Extraits de la première lettre écrite à Tacite par Pline le Jeune, neveu du préfet de la flotte, sur la mort de son oncle

Tu me pries de te parler de la fin de mon oncle pour être en mesure de la raconter plus fidèlement à la postérité. [...]

Il était alors à Misena et commandait personnellement la flotte. Le neuvième jour avant les calendes de septembre, aux environs de la septième heure [24 août 79, une heure de l'après-midi], ma mère va lui dire qu'apparaît un nuage d'une forme et d'une grandeur extraordinaires. Il travaillait alors sur le lit de repos où il avait consommé un repas léger après avoir pris son bain de soleil et son bain froid quotidiens.

Il met ses sandales et se rend dans un lieu élevé d'où l'on pouvait le mieux observer le phénomène : il voit alors s'élever d'une montagne (on sut plus tard que c'était le Vésuve) une nuée en forme de pin. C'était comme un tronc très long qui se ramifiait dans les airs. Selon moi cette nuée avait dû être projetée en hauteur par une colonne d'air, puis elle s'était élargie puisque, une fois la colonne d'air disparue, elle s'était brisée sous son propre poids. Elle apparaissait parfois blanche et parfois poussiéreuse selon qu'elle transportait des cendres ou de la terre.

À un savant comme mon oncle, le phénomène parut sérieux et digne d'être observé de plus près. Il fait préparer un bateau liburnien et m'offre de l'accompagner, si je le désire. Et moi de lui répondre que je préfère poursuivre mon travail – il se trouve qu'il m'avait donné lui-même des devoirs à faire.

Il sort de chez lui quand on lui apporte une lettre de Rectina, épouse de Cascus, dans laquelle elle exprime sa frayeur devant le danger qui la menace : sa villa était située sur les pentes du Vésuve et son seul espoir de salut était de s'échapper par la mer. [...] Mon oncle fait armer les quadrirèmes et y prend place lui-même, désireux de secourir le plus grand nombre de gens possible. Il se hâte vers la région que les autres fuient et met le cap droit sur le danger. Il s'approche du lieu de la catastrophe sans aucune crainte, au point qu'il se met à prendre des notes ou à dicter tout ce que le cataclysme lui permet d'observer.

Déjà sur les navires retombait de la cendre, plus chaude et plus dense à mesure qu'ils approchaient. Il tombait des pierres ponces, des cailloux noirs, brûlés et pulvérisés par le feu, tandis qu'un bas-fond formé par des rochers écroulés empêchait d'approcher du rivage. Mon oncle hésite un instant. Doit-il rebrousser chemin ? C'est ce que lui conseille son pilote, mais il répond : « La fortune vient au secours des courageux. Mets le cap sur la maison de Pomponianus. »

Celle-ci se trouvait à Stabiae, sur l'autre rive du golfe (le littoral s'arrondit doucement, formant une anse où pénètre la mer.) Devant le péril imminent, Pomponianus avait fait charger ses bagages sur des navires, prêt à fuir dès que le vent le lui permettrait. Ce vent, au contraire, avait facilité l'arrivée de mon oncle, dont le premier souci est d'aller embrasser, réconforter et encourager son ami tout tremblant de peur, auquel il se présenta volontairement avec un air serein. Puis il se rend aux bains, se met à table et dîne avec gaieté ou mieux encore – et cela n'est pas moins beau – en feignant la gaieté.

Pendant ce temps le Vésuve s'illuminait ici et là de larges flammes et de grandes colonnes de feu, d'autant plus rouges et brillantes que la nuit était noire. Mon oncle, qui voulait apaiser les craintes de son hôte, répétait que c'était des feux oubliés par des paysans terrifiés ou des incendies dans des villas abandonnées.

Puis il décida d'aller se reposer et, une fois au lit, il dormit d'un sommeil authentique. En passant devant sa porte, on pouvait entendre la respiration typique, profonde et sonore, des hommes de sa corpulence. Mais, en peu de temps, la cour sur laquelle donnait sa chambre fut si pleine de cendres et de pierres ponces que, s'il avait voulu sortir, il n'aurait bientôt plus pu la traverser.

Quelqu'un va donc le réveiller ; il rejoint Pomponianus et les autres, qui s'étaient bien gardés d'aller au lit.

Ils se consultent : doivent-ils rester ou partir ? D'une part, des secousses violentes et répétées ébranlent les maisons, qui semblent osciller de droite et de gauche comme si elles n'avaient pas de fondations. D'autre part, à découvert, ils se seraient exposés à la pluie de pierres ponces heureusement légères et poreuses. On finit par opter pour le second danger : mon oncle avait écouté la voix de la raison et les autres celle de la peur.

Afin de se protéger des projectiles, ils prennent des coussins qu'ils attachent sur leur tête avec des morceaux d'étoffes. C'était le jour, mais il régnait une nuit plus noire et plus profonde que toutes les autres, atténuée çà et là par des éclairs et des lueurs de toutes sortes.

On décida de se rendre sur la plage pour voir si l'on pouvait prendre la mer, mais elle était démontée et il eût été périlleux d'embarquer. Mon oncle s'étendit sur un linge et but plusieurs gorgées d'eau fraîche. Il s'endormit et fut réveillé par des flammes et une odeur de soufre. Ses compagnons entre-temps s'étaient enfuis.

Il se lève, aidé de deux esclaves, mais retombe aussitôt. Je pense que les fumées épaisses l'empêchèrent de respirer. [...]

Quand le jour revint (le troisième depuis celui qu'il avait vu se lever pour la dernière fois) on retrouva son corps intact, en parfait état, vêtu comme le jour de son départ. Il ressemblait plus à un homme endormi qu'à un mort.

Pendant ce temps, à Misena, ma mère et moi... mais cela n'a rien à voir. Aux yeux de l'Histoire, seules comptent les circonstances dans lesquelles périt mon oncle. Je m'arrête donc ici. Cependant je dois ajouter ceci : pour ma part, je t'ai rapporté fidèlement les événements dont je fus le témoin et ceux que l'on m'a rapportés immédiatement après, alors que les souvenirs sont encore tout frais. Il t'appartient de choisir les plus adaptés. Écrire une lettre est une chose, c'en est une autre d'écrire l'Histoire. Me confier à un ami en est une, me confier au public en est une autre. Adieu.

Seconde lettre à Tacite

Tu me dis que la lettre dans laquelle je t'ai raconté la mort de mon oncle te pousse à me demander quelles craintes et quels dangers j'ai encourus à Misena (j'en

étais arrivé à ce point quand j'ai interrompu mon récit).
Bien que mon cœur frémisse à ce souvenir, je poursuis
donc.

Après le départ de mon oncle, je me remis à travailler
(j'étais en effet resté pour cela !). On ressentait déjà
depuis plusieurs jours des secousses sismiques mais, en
Campanie, on y est habitué. Cette nuit-là pourtant elles
furent si fortes que tout semblait non plus trembler
mais se retourner. Ma mère se précipita dans ma
chambre. Je m'étais levé moi aussi pour aller la réveiller.

Nous sortîmes nous asseoir dans la cour de la maison, un endroit plutôt exigu qui séparait les bâtiments
de la mer. J'ignore si j'étais courageux ou téméraire
(j'avais alors dix-sept ans), mais je me fis apporter mon
ouvrage de Tite-Live comme si j'avais eu tout le temps
pour lire et pour noter des citations.

Arrive un ami de mon oncle qui venait d'Espagne
pour le voir. En me voyant assis en compagnie de ma
mère et de surcroît occupé à lire, il nous reproche, à
moi mon insouciance et à elle sa passivité, ce qui ne m'a
pas empêché de poursuivre ma lecture.

C'était la première heure du jour et la lumière était
encore incertaine et faible. Les murs de notre maison
ébranlée s'étaient fissurés, menaçant dangereusement
notre sécurité dans cette cour étroite. Nous nous réso-
lûmes alors à quitter la ville.

Comme la peur est souvent le début de la sagesse, la
population terrifiée nous suit, préférant s'en remettre à
notre jugement, et ainsi se presse derrière nous, nous

contraignant à accélérer le pas. En arrivant hors de la ville, nous nous arrêtons mais là nous attendent une nouvelle cause de stupeur et de nouveaux effrois. Les voitures que nous avions emmenées avec nous ne peuvent plus avancer qu'en zigzaguant entre les blocs de roche. D'autre part, quasiment chassée par les secousses de la terre, la mer s'est retirée loin de la plage, et une multitude d'animaux marins sont échoués sur le sable. De l'autre côté apparaît une nuée noire, terrifiante, parcourue de longues traînées de feu aussi rapides mais beaucoup plus grandes que des éclairs.

À ce moment-là, notre ami venu d'Espagne revient à la charge : « Si ton frère, si ton oncle, était vivant, il voudrait que vous vous sauviez. S'il était mort, il voudrait que vous lui surviviez. Qu'attendez-vous donc pour fuir ? »

Nous lui répondons que nous ne pouvons nous préoccuper de notre salut sans rien savoir de celui de mon oncle. Sur ce, sans plus tarder, il nous quitte brutalement pour tenter de mettre la plus grande distance possible entre le danger et lui.

Peu de temps après, la nuée descend sur la terre et couvre la mer : elle avait enveloppé Capri et elle cachait le promontoire de Misena... Alors ma mère me prie, me supplie, m'ordonne de fuir seul par n'importe quel moyen. C'était encore possible pour un jeune homme, me dit-elle, quant à elle, alourdie par l'âge et l'embonpoint, elle voyait sa propre mort comme un soulagement si elle ne causait pas la mienne.

Mais je me montre bien décidé à ne fuir qu'avec elle : je saisis son bras et hâte son pas. Elle peine et se reproche de me retarder. Brusquement, se produit une pluie de cendres. Je me retourne et, comme un torrent, au ras du sol, nous voyons s'avancer vers nous un nuage de fumée dense et noire. « Quittons ce chemin, dis-je à ma mère, pendant qu'on y voit encore, sinon, une fois dans les ténèbres, nous serions renversés et piétinés par les gens qui nous suivent. »

Nous étions à peine assis à l'abri que la nuit s'étendit, non pas une nuit sans lune et lourde de nuages, mais bien l'obscurité d'une chambre close, sans la moindre lumière. Les femmes gémissent, les enfants vagissent et les hommes crient. Les uns appelant un père, une mère, les autres leur épouse, d'autres leurs enfants, chacun s'efforçant de se reconnaître par la voix. Certains pleurent sur leur propre malheur, d'autres sur celui de leurs parents. Il en est qui par peur de la mort invoquent la mort. Beaucoup lèvent les mains pour implorer les dieux, mais plus nombreux encore, d'autres leur répondent que les dieux ont cessé d'exister, que cette nuit est la dernière nuit du monde et qu'elle durera pour l'éternité. Il en est même qui, aux périls réels, ajoutent des périls inexistants, affirmant qu'à Misena, tel édifice s'est écroulé, et qu'un autre a entièrement brûlé : pures inventions qui rencontrent pourtant la crédulité.

Puis c'est le retour d'une certaine clarté. Nous nous rendons compte qu'elle n'annonce pas la lumière du jour, mais l'approche du feu. Par bonheur, le feu s'arrête à une certaine distance et nous nous retrouvons de nouveau plongés dans les ténèbres, et de nouveau sous une pluie de cendres, mais cette fois épaisse et serrée. Par moments, nous nous relevions pour nous secouer et éviter d'en être recouverts ou de se trouver écrasés par son poids. C'est peut-être un motif d'orgueil pour moi, de n'avoir jamais, au sein d'un tel péril, laissé échapper une lamentation ni une parole de désespoir. L'idée que je périssais et que les choses périssaient avec moi m'était, il est vrai, présente à l'esprit comme une consolation rassurante.

Pour finir, le nuage noir se dissipa et s'évanouit comme une fumée ou un brouillard. La lumière reparut, la vraie lumière, et même le soleil, mais c'est une lumière livide, comme celle des éclipses. À nos regards encore mal assurés, les choses présentent un aspect nouveau, couvertes qu'elles sont d'une épaisse couche blanche, qui n'est pas de neige mais de cendres.

De retour à Misena, nous reprîmes des forces de notre mieux, mais nous passâmes une nuit d'angoisse, tiraillés entre l'espoir et la crainte. La crainte d'ailleurs l'emportait, parce que la terre continuait à trembler. Nombre de gens, qui avaient perdu la raison, riaient en prédisant, pour eux et pour les autres, les maux les plus épouvantables. Pour nous, bien que conscients de la nature du danger qui nous menaçait pour en avoir fait l'expérience, il ne fut pas question de repartir avant d'avoir eu des nouvelles de mon oncle.

Voilà donc les événements, indignes de l'Histoire, que tu te garderas bien de vouloir rapporter quand tu les auras lus. Et s'ils ne sont même pas dignes d'une lettre, tu ne t'en prendras qu'à toi, puisque tu m'as demandé de t'en parler. Adieu.

GLOSSAIRE

Affranchi : Ancien esclave à qui son maître a rendu la liberté. L'affranchi restait sa vie durant le « client » de son maître, à qui il reversait une partie de son salaire. Le maître devenait alors son « patron ».

Amphithéâtre : Bâtiment rond composé d'une arène entourée de gradins où se plaçaient les spectateurs. Dans les amphithéâtres avaient lieu les combats de gladiateurs et les chasses.

Arche : Ouverture en plein cintre généralement destinée au passage public.

As : Monnaie romaine. Il fallait 4 as pour faire un sesterce.

Atrium : Partie centrale de la maison, caractérisée par un *impluvium* et un *compluvium,* dont l'accès se faisait directement depuis le vestibule.

Attelane : Genre de comédie populaire. Avec ses personnages caricaturaux et ses situations burlesques, l'attelane est, en quelque sorte, l'ancêtre de la commedia dell'arte.

Augures : Prêtres chargés d'interpréter les signes du ciel.

Aureus : Monnaie d'or. Un *aureus* valait 25 deniers, soit 100 sesterces. (Un *aureus,* des *aurei*.)

Bacchanales : Fêtes en l'honneur du dieu Bacchus (Dionysos pour les Grecs), le dieu du vin et de la vigne. Les prêtresses de Bacchus s'appelaient des bacchantes.

Cirque : Long bâtiment composé d'une piste et de gradins où avaient lieu les courses de chars, mais qui servait aussi aux processions et aux cortèges de triomphe.

Compluvium : Ouverture creusée dans le plafond de l'*atrium* qui permettait de recueillir l'eau de pluie dans un bassin construit au-dessous, l'*impluvium*.

Décurion : Membre du sénat municipal. Ils étaient au nombre de cent et étaient choisis parmi les familles les plus influentes.

Duumvir : Magistrat élu pour un an. Il était chargé entre autres de l'édification des monuments et des bâtiments, et de l'entretien des routes.

Édile : Magistrat, élu par les citoyens pour un an, qui s'occupait de l'organisation de la voirie, de l'approvisionnement de la cité, des jeux et de la police.

Ergastule : Cachot où l'on enfermait les esclaves pour les punir.

Flamine : Prêtre.

Foulons : Ouvriers qui, dans des bassins, « foulaient » aux pieds des étoffes de laine pour les rendre lisses, douces et de couleur unie. La foulerie était une des activités les plus importantes de Pompéi, qui était renommée pour la qualité de ses tissus.

Gens : Famille au sens large. La *gens* est l'ensemble des personnes portant le même nom et descendant d'un même ancêtre. S'y ajoutent les affranchis et les esclaves.

Honestiores : « les plus honorables », les Romains des classes les plus élevées de la société, au contraire des *humiliores,* « les plus humbles », les pauvres.

Hospitium : Hôtellerie où logeaient les voyageurs.

Hypocauste : Souterrain qui courait sous les thermes et où l'on produisait, grâce au *praefurnium,* une chaudière, de la chaleur et de la vapeur pour chauffer les pièces et l'eau. Voir *suspensurae* et *Tegular Mammatae*.

Impluvium : Bassin où l'eau de pluie était canalisée depuis le toit de l'*atrium*. Cette eau était destinée à la citerne domestique.

Ingénu(e) : Homme ou femme né(e) libre.

Insula : Îlot urbain délimité par quatre rues, construit d'immeubles à plusieurs étages composés d'appartements loués. Le rez-de-chaussée était occupé par des boutiques.

Labrum : Vasque circulaire alimentée par de l'eau courante, généralement située sur un support et placée dans le *caldarium* des thermes.

Lamie : L'équivalent de l'ogre de nos contes. La lamie était une sorte de vampire qui se nourrissait de petits enfants pas sages.

Lanista : Propriétaire d'une équipe de gladiateurs. Il pouvait en être aussi l'entraîneur.

Lares : Divinités tutélaires chargées de protéger les rues, les carrefours, les maisons, la famille... On les honorait sur un autel appelé laraire.

Latroncules : Jeu qui ressemblait aux échecs. On y jouait sur un plateau quadrillé avec des figurines en forme de soldats (*latrunculi*).

Lettriste : Peintre spécialisé dans les inscriptions.

Libitinaires : Employés, souvent des esclaves, qui s'occupaient des funérailles. L'équivalent de nos employés des pompes funèbres. Ils étaient dirigés par un maître de cérémonie.

Mânes : Esprits des morts qui protégeaient la maison et que l'on vénérait dans chaque famille devant le laraire ou le foyer.

Matrone : Femme mariée de naissance libre.

Mille : Mesure de distance. Un mille vaut 1 478,5 m, soit mille doubles pas.

Néron : Nero Claudius Caesar (37-68 ap. J.-C.). Adopté par l'empereur Claude, il lui succéda en 54. Sous son règne eut lieu le terrible incendie de Rome. Il restera dans l'Histoire comme un empereur extravagant et cruel.

Ornatrix : Servante qui s'occupait de la toilette et de la coiffure des femmes.

Palestre : Terrain de sport où l'on pratiquait lutte, course ou lancer de javelot. Souvent entourées d'une colonnade ombragée, les plus importantes palestres possédaient même une piscine, des vestiaires, des bains et des latrines.

Palla : Sorte de manteau ou de grand châle que les femmes mettaient sur leur *stola* et posaient souvent sur leur tête. La *palla* était fine et légère l'été et plus chaude l'hiver.

Patricien : Personne de naissance libre qui appartenait à la classe supérieure des citoyens romains. Il bénéficiait de nombreux privilèges.

Pécule : Argent donné par le maître à l'esclave. En économisant peu à peu, l'esclave pouvait racheter sa liberté.

Pédagogue : Esclave raffiné et instruit à qui on confiait la garde et l'éducation des enfants.

Péristyle : Jardin entouré de portiques à colonnades.

Pileus : Bonnet phrygien que portaient les affranchis. Ce symbole de liberté a été repris par les révolutionnaires français en 1789. Marianne, avec son bonnet phrygien, est aujourd'hui l'emblème de la France.

Plébéien : Homme de la plèbe, le peuple. Au contraire des patriciens, les plébéiens étaient dépourvus de privilèges.

Plinius : Caïus Plinius Secundus Major, dit Pline l'Ancien (23-79 ap. J.-C.). Officier de cavalerie, procurateur de l'Espagne puis préfet de la flotte à Misène, Pline est aussi l'auteur d'une *Histoire naturelle,* vaste encyclopédie des connaissances de son temps. Il mourut lors de l'éruption du Vésuve.

Popina : Taverne ou cabaret populaire. On y mangeait debout, au comptoir, des plats cuisinés chauds.

Portunalia : Fêtes en l'honneur de Portunus, le dieu des ports.

Praefurnium : Grande chaudière produisant la chaleur nécessaire au chauffage des thermes.

Pronuba : Matrone, femme mariée, qui accompagne et assiste la mariée. C'est elle qui lie les mains des époux, que l'on déclare alors mariés.

Sesterce : Monnaie romaine.

Stola : Longue robe que portaient les femmes sur une tunique. Elles mettaient dessus une *palla,* sorte de manteau ou de grand châle, qu'elles posaient souvent sur leur tête.

Strophium : Bande de tissu, l'ancêtre de notre soutien-gorge.

Suovetaurile : Sacrifice d'un porc, d'une brebis et d'un taureau que les prêtres effectuaient lors de cérémonies de purification.

Suspensurae : Interstices placés sous le pavement des thermes par où passait l'air chaud produit par le *praefurnium.*

Tablinum : Salle de séjour de la maison, habituellement décorée avec faste. Elle peut aussi être utilisée comme bureau.

Tegular Mammatae : Tuiles creuses placées sur les parois des pièces thermales. Leur agencement ménageait des espaces interstitiels par lesquels passait l'air chaud.

Tepidarium : Pièce des thermes utilisée pour le massage après le bain chaud et le sauna. Elle permettait de passer progressivement des pièces chaudes aux pièces froides ou inversement.

Thermopolium : Local de vente de nourriture chaude ou froide, selon la saison. Généralement, les *Thermopolia* se trouvaient le long des voies ; ils étaient constitués d'un comptoir maçonné en forme de L, contenant des récipients en terre cuite de grandes dimensions.

Titus : Titus Flavius Sabinus Vespasianus (40-81 ap. J.-C.). Fils de Vespasien, il devient empereur en juin 79. Titus était connu pour être débauché, dépensier et cruel. Pourtant, une fois sur le trône, il changea du tout au tout, à tel point qu'on le surnomma les « délices du genre humain ». Son frère Domitien, qui lui succéda deux ans plus tard, devint, lui, un véritable tyran digne de Néron ou de Caligula.

Triclinium : Salle à manger pourvue de trois *triclinia,* lits à trois places, entourant une table. Les maisons des Romains les plus aisés comptaient plusieurs salles à manger : une chauffée pour l'hiver, une pour l'été, au nord, et souvent une grande salle de réception. Le dîner, contrairement à nos habitudes, se prenait à partir de 15 h jusqu'à la tombée de la nuit.

Vespasien : Titus Flavius Vespasianus (9-79 ap. J.-C.). L'empereur Vespasien est mort en juin 79 après onze ans de règne. Son fils aîné Titus lui succéda.

- **Vindicte :** Dans l'ancien droit romain, petite baguette symbolisant la force. Le magistrat qui en frappait un esclave le rendait libre aux yeux de tous.

Zama : 202 avant J.-C. Bataille de la Seconde Guerre punique. Scipion l'Africain y écrasa le Carthaginois Hannibal.

TABLE

« Pour l'éditeur, le principe est d'utiliser des papiers composés de fibres naturelles, renouvelables, recyclables et fabriquées à partir de bois issus de forêts qui adoptent un système d'aménagement durable. En outre, l'éditeur attend de ses fournisseurs de papier qu'ils s'inscrivent dans une démarche de certification environnementale reconnue. »

Composition JOUVE - 53100 Mayenne
N° 336714y

Achevé d'imprimer en Espagne par LIBERDÚPLEX
Sant Llorenç d'Hortons (08791)

32.10.2493.8/02 - ISBN : 978-2-01-322493-2
Loi n° 49-956 du 16 juillet 1949 sur les publications destinées à la jeunesse
Dépôt légal: avril 2008